红色东江
丛书·第一辑

粤黄风云

邬 亮 ◎ 著

深圳出版社

图书在版编目（CIP）数据

粤黄风云 / 邬亮著. -- 深圳 : 深圳出版社,
2024.6
（红色东江丛书. 第一辑）
ISBN 978-7-5507-3943-7

Ⅰ.①粤… Ⅱ.①邬… Ⅲ.①纪实文学—中国—当代
Ⅳ.①I25

中国国家版本馆CIP数据核字(2024)第001330号

粤 黄 风 云
YUEHUANG FENGYUN

出 品 人　聂雄前
责任编辑　赖静怡
责任校对　万妮霞
责任技编　梁立新
装帧设计　思成致远

出版发行　深圳出版社
地　　址　深圳市彩田南路海天综合大厦（518033）
网　　址　www.htph.com.cn
订购电话　0755-83460239（邮购、团购）
排版制作　深圳市思成致远创意文化有限公司（0755-82537697）
印　　刷　深圳市希望印务有限公司（0755-89502914）
开　　本　787mm×1092mm　1/16
印　　张　14.25
字　　数　150千
版　　次　2024年6月第1版
印　　次　2024年6月第1次
定　　价　48.00元

总 序

聚东纵情谊 续东纵情缘

　　五年前的一个秋日，天气晴朗，万里无云，我的老同事带着一位身材魁梧、满脸慈祥的部队退休干部来到了我的办公室。他就是大名鼎鼎的开国少将、广东东江纵队司令员曾生同志的小儿子曾凯平。曾大哥说话和蔼可亲，老一辈革命家的亲民淳朴在他身上得到了良好的传承和体现。或许是大家都有共同的志趣，我们相谈甚欢，一段与东纵革命故事的不解之缘就这么在我身上发生了。

　　小时候，爷爷便时常给我讲述当年东江游击队在老祠堂里办报社的故事，也常跟我念叨他的堂兄—烈士尤水清和侄女—烈士尤根英的动人故事。尤氏先辈"干革命、跟党走"的事迹早早使我心中涌进了东纵情怀。

　　2018年秋天的一个晚上，我下班回到家，接到老家宗亲的电话，跟我商量重修祖祠的事情。对这些民风民俗问题，组织有严格的纪律约束，然而天下之本在国，国之本在家，老祠堂里雕刻的"爱国、敬家"祖训也深印我心。

　　一筹莫展之际，恰逢单位先后组织了"不忘初心，牢记使命"的主题教育活动和党史学习教育活动。其间，我有幸结识了一群史学、文学专家学者，使我对东纵历史有了更加深入的了解和认识。在和一位学者谈及东江纵队当年的宣传文印史时，"老祠堂"和"尤门双英烈"的故事再次涌上心头，历史画面于心中久久挥之不去……

　　如果凯平大哥没有来到我的办公室，或是我等到建党百年的时候再学党史，那么重修祖祠这项工作也许会暂时搁置。党的十八大以来，习近平总书记围绕家风建设提出了一系列重要论述，讲到要传承和发扬中华优秀传统家风文化和红色家风文化，并赋予其新的时代内涵。一个新的想法很快浮现，我提议宗亲们围绕新时代家风建设，将红色文化融入祠堂建设；通过祠堂文化，让后人不忘历史，永远记住那些为了新中国抛头颅洒热血的革命先烈。

　　既然弘扬红色文化和修葺红色宗祠的目标已经定了，那就出发吧！我偕夫人会同九连山公益基金会的理事长尤志远，不远千里，来到东北的一间高校干部宿舍，探望卧病多年的东纵老战士——烈士尤水清的儿子尤东彬。我们将故乡的泥土和"七夕井水"捧到了老革命面前，老人家顿时流下了激动的泪水。我们又在河源找到了尤东彬在边纵时的战友兼老师李楚同志(时年103岁)。接着，我们来到了广州某医院，探望了东纵老战士、广东省老领导郑群同志，代表基层党员干部群众对敬爱的老革命郑群同志表达了崇高的敬意和真挚的问候。

为把东纵精神传递下去，在深圳，我参与组建了公益红色志愿者团队—"九连山志愿服务团"，带领志愿者们弘扬东纵精神，传承红色革命基因。我们和东纵老战士、联谊会会长廖清同志，边纵会长何鹏飞同志，市委党史文献研究室主任杨立勋同志和副主任毛剑峰同志，以及罗湖区关心下一代工作委员会主任彭桂华同志和副主任蔡伟强同志等，在市委党史文献研究室和罗湖区关工委的指导下，联合有关单位在笋岗街道创建了爱国主义教育基地—"红色东纵第一空间"，并由东江纵队老战士联谊会、九连山公益基金会和田心实业有限公司，共同在提倡"爱心传递—红心传承"的笋岗街道田心社区公园镌刻了名为"初心公园"的石碑。

"行之愈笃，则知之益明。"退休后，我告别了法院繁重的工作，带着弘扬红色文化的初衷携伴远行，开始了一段探访红色革命纪念基地及发掘革命故事的红色文化之旅，足迹遍及广东各地。之后，我在《秦风》《深圳史志》《深圳特区报》等刊物和报纸上发表了《谈东纵精神与深圳精神的血脉传承和发展》等署名文章。脑海里的红色故事不断积累，手上的红色资料也越来越丰富，于是产生了出版图书的想法。后来，受九连山公益基金会和热心作家所托，我们开始了"红色东江丛书"的集体创作。

"红色东江丛书·第一辑"源于深圳市罗湖区作家协会主席谢湘南先生主编的"南方叙事丛书"中的《红色东江》一书。第一辑首推"浴血系列"，包括《浴血九连山》（尤波著，收录于《红色东江》）、《浴血黄村》（邬亮著，出版时名为《粤黄风云》）、《浴

血港九》（田青著，原名《烽火大鹏湾》）和《浴血下龙湾》（卓明勇著，收录于《红色东江》）。在深圳市九连山公益基金会的鼎力支持下，"浴血系列"作品出版了全新的精装版本。精装版丛书更加全面、客观地反映和讴歌了生活在东江岸和南海岸的南粤人民与海外华侨一起共赴国难、共同抵御外敌入侵的历史。"红色东江丛书"的出版，既是四位作者的共同心愿，也是大家弘扬东纵精神、赓续深圳故事的具体体现。

汤汤东江水，滋养着广袤的南粤大地，九连山、东江岸、梧桐山、九龙半岛、香港岛，甚至海外多地，均留有东纵先辈的红色足迹。如今，在位于粤港澳大湾区的深圳公园里，也有红色东纵的印记，人们在平常的生活中也能得到爱国主义的熏陶，将家国情怀和爱国信念种在骨子里，让它们流淌在血脉中。

当然，"红色东江丛书·第一辑"的完成也得到了许多领导和朋友的大力支持，请允许我将他们的名字列在这里。他们是：陈小平、曾凯平、戴北方、胡呈军、黄国新、彭桂华、陈立平、蔡伟强、张仕安、何冰、郭夏惠、邹国强、陈小澄、戴素霞、魏文芳、李利锋、王斗天、杨志光、谢湘南、胡忠阳、李建国、尤志远、尤娟、邹亮、田青、卓明勇和尤明珠（排名不分先后）。

当今社会是一个知识爆炸、信息发达的现代社会，要在深圳这个经济发达、文化多元的国际化大都市坚守一块红色的文化净土，不是一件易事。传颂东江纵队的辉煌历史，赓续东江纵队的革命精神，需要不断发掘东江纵队的感人事迹和传奇故事，扩大宣传阵地。最近网络上流行一首儿歌《小小花园》："在小小的花园里面挖呀挖呀挖，种小小的种子开小小的花。在大大的花园里面挖呀挖呀挖，种大大的种子开大大的花。在特别大的花园里面挖呀挖呀挖，种特别大的种子开特别大的花……"我希望我们的这套丛书，能成为广大读者，特别是青少年读者心中"希望的种子和希望的花"！

我也希望带领"红色东江丛书"的创作团队和九连山公益基金会志愿服务团队继续出发，与大家一起在东江流域这块红色文化的故土里寻宝，传承东纵红色基因，赓续党的光荣传统！

尤 波

2023 年 8 月

序言

　　我的青葱岁月在富丽岗黄村中学度过，有两个记忆至今难忘：一个是富丽岗山脚的热水沥温泉，88°C的汤泉从石缝里喷涌而出，汇入村边的小溪，空气中弥漫着浓浓的硫黄味道，小溪的水潭一个接着一个，每当夜幕降临，水潭里挤满泡澡的人群，腾腾热气给我留下滚烫的记忆；另一个是富丽岗山顶的黄村地区革命烈士陵园，高高耸立的花岗岩石碑正面镶嵌着"革命烈士永垂不朽"八个镏金大字，塔座镌刻着碑文和102名烈士的英名：江尚尧、周立群、丘国章、关绮清……巍巍丰碑给我留下悲壮的记忆。

　　黄村历史悠久，人杰地灵。它东临五华县长布镇、南靠紫金县中坝镇、西接河源县叶潭镇、北连龙川县紫市镇，是五华、紫金、河源、龙川四县的接合部，群山环绕，层峦叠嶂，地势险要，易守难攻，交通闭塞，回旋余地大，是进行武装斗争和建立根据地的理想所在。1941年至1947年中共后东特委留驻于此，曾领导了粤东北的河源、龙川、紫金、五华、兴宁、连平、和平、揭西等地的抗日战争和革命斗争。骁勇善战的中国人民解放军粤赣湘边纵队东江第二支队四团，就是从蓝（黄村）能（叶潭）康（康禾）大山里走出来的黄村地区人民子弟兵。七目嶂下，风雷激荡，蓝溪河畔，星火燎原，英雄的黄村儿女在中国共产党领导下百折不挠、前赴后继，经受24年血与火的洗礼，用热血和生命谱写出广东革命史上极其光辉灿烂的篇章。

历史睡了，我们醒着。家乡的青年才俊邬亮，怀着对革命英烈的崇敬心情，踏访故乡热土，遍寻红色遗址，拜访烈士后裔、革命先辈后代和老区人民，查阅文史资料，采撷红色素材，倾注心血编写了讲述黄村革命斗争史实的故事集《粤黄风云》，用生动的文笔向我们展示了黄村地区革命英烈可歌可泣的革命事迹和革命斗争的历史场景，为党的百年华诞献上黄村人民的厚礼。

《粤黄风云》以丰富的历史事实为依据，以重要历史事件为主线，着眼于全国革命形势的大背景，真实全面地再现了黄村地区光荣的革命历史，内容丰富，史料翔实，具有一定的社会价值和可读性。该书用平白晓畅的语言叙述故事，通俗易懂，言简意赅，生动而有内涵，融合时代主题和红色基因，是进行革命传统教育、爱国主义教育的红色教科书，可启迪我们后人不忘初心，砥砺前行。

万水千山不忘来时路，树高千尺根深在沃土，沃土是人民，人民是江山。是为序。

广州铁路局退休干部

张启明

目 录

山区传火	1
大榕树下	9
红十月村	19
隐蔽战线	27
虎啸山林	40
孤胆英雄	49
岭南红嫂	58
为国捐躯	69
血染蓝溪	78
处决恶魔	87
血写星火	95
迎头痛击	107
北撤山东	118

前赴后继 ···················· 126

激战欧村 ···················· 133

白色恐怖 ···················· 143

艰苦岁月 ···················· 151

收拾喽啰 ···················· 161

高歌猛进 ···················· 170

五战五捷 ···················· 178

双管齐下 ···················· 187

红旗飘飘 ···················· 202

后 记 ···················· 213

山区传火

1938 年 12 月 12 日，在河源县蓝口镇通往黄村乡的崎岖山路上，有一群学生打扮的年轻人，正冒着刺骨寒风，沿着忽高忽低的羊肠小道向前赶路，他们紧赶慢赶、嘀嘀咕咕的样子，似乎正说着要在天黑前到达什么地方。

这是一群 20 岁左右的青年人，为首之人名叫张华基，他一米七的个子，长得眉清目秀，合体的中山装胸前口袋里别着一支自来水钢笔，显示出温文尔雅的气质。

张华基是黄村人，出生在有大山中的大山之称的宁山村，因家中兄弟姐妹众多，所以生活条件极度困难，差点连读书的机会都没有。幸好他自幼十分聪慧，深得其伯父的喜爱，并得到伯父资助他上学的机会。其伯父家处黄村最高峰七目嶂下的白云嶂，利用那里山多、林密、水丰、草茂的有利地势，办了畜牧场，养了很多牛和羊，并将牛、羊贩卖到龙川、五华、河源、紫金等地。特别是那些牛，对当时生产力水平十分落后的农村来说，是十分抢手的生产工具，所以异常

畅销。在张华基伯父的辛勤经营下，畜牧场倒是赚得盆满钵满，家中很是殷实。

于是，张华基在他伯父的大力资助下，于1934年在黄村崇伊中学以优异的成绩考入梅县东山中学，继续学业。在三年的高中学习期间，他不但增长了丰富的知识，还增长了阅历，接触到很多先进的思想，学习到救国救民的道理，并于1938年年初加入中国共产党，成为一名光荣的共产党员。随后中共广东省委调他到省城广州，负责广州各大中学的学运联络工作。

1938年1月1日，在中共南委的领导下，中山大学青年抗日先锋队等8个团体联合发起成立广东青年抗日先锋队（后面简称"抗先队"），并成立抗先临时工作委员会，统一领导广州地区各界青年的抗日救亡运动。抗先队，是属于群众性的抗日救亡团体组织，实际是共产党的外围组织。1938年10月21日广州失陷前夕，抗先队按广东省委、市委指示精神："要保存干部，撤出广州，到敌人后方去，播种开花，扎根农村，发动组织群众，开展抗日救亡运动"，共组成40多个工作队，奔赴农村和前线，开展抗日宣传和战地服务工作。张华基带领的这支抗先队，就是这个时候离开广州，前往河源黄村的。

张华基一行10多人，从11月初就从广州出发，一路上为了避开日军的视线（当时日军已占领惠阳、增城县等地），减少不必要的麻烦和损失，他们沿着增城县的北边，专门走日军还没有占领的山区，到达龙门县，然后再从龙门县走山路抵达河源的回龙镇。

抗先队到达回龙镇后，河源县委派地下党员丘国章（黄村人）作为他们的向导，并配合他们在黄村地区开展抗日宣传工作。随后他们又从回龙、双江、灯塔、曾田等山区一路前行，横渡东江。终于到达直线距离不到 400 公里的黄村乡。他们跋山涉水、翻山越岭、不分昼夜地赶路，足足走了 52 天，走过 1400 公里，总算抵达蓝口镇。原本直线距离只有 400 公里的路程，最后却走出了 1400 公里，可见沿途的艰辛。

只见他们一行人衣着朴素，每人身上背着背包、斜挎布袋，背包、布袋里除了装有简单的日用品外，大多是抗日宣传的必备品。虽然一路上餐风宿雨颇为艰难，但每个人都精神抖擞、斗志昂扬。因为他们每个人都怀揣着赶走日本侵略者的伟大志向，他们都坚定地认为，只要能团结一切可以团结的力量，就没有任何困难可以难倒这个屹立在时间长河五千年的伟大民族。他们行进在大山之中，通过蓝口镇到黄村乡相交的山道，时不时有当地村民挑着木柴、木炭、稻谷、红薯等货物在山地里穿行。相比起这些衣衫褴褛的农民，张华基等十几人的朴素穿着居然被衬托出了一丝贵气。看着在寒风中仍然衣不蔽体、为生活奔走的穷苦人民，抗先队队员都深深地知道，这是当时中国穷苦百姓生活的真实写照。

在抗先队中，有一位长着苹果脸、大眼睛的姑娘，她叫关绮清。她是广东东莞人，也是这支队伍里唯一一位女同志。别看她只有 20 来岁，但已经是这支队伍二名共产党员其中一个。她与张华基、丘国章组成的党小组，是这支抗先队中不可或缺的中坚力量。

"张队长，叫同志们加快步伐吧，我们无论如何要在天黑前赶到黄村墟去。"当队伍走到叶潭乡一个叫琏石村的地方，太阳已经西下，眼看离黄村还有一段不短的距离，丘国章作为抗先队的向导心里有点着急，连忙催促张华基他们加快行进的脚步。

"同学们，丘向导的意见大家都听到了吧？我们打起精神来走快点，到了黄村墟，我请大家吃油豆腐。"张华基一边说着，一边将队伍里看起来比较年少体弱的队员身上的背包给抢了过来，帮忙减轻对方的负重。丘国章和关绮清见状，也走过去帮助其他身子骨较弱的队员，让队伍可以更加轻装前进、走得更快。

"同学们，黄村客家有句土话，叫'好吃不过油豆腐'，大家知道是什么意思吗？"刚才听到张华基为了激励大家，说起请吃油豆腐的事情，丘国章也顺嘴搭上了一句，为烦闷的旅程调节气氛。丘国章作为一位较年长的老同志，一路上都在照顾大家的生活和情绪。队伍里，属客家籍的队员当然知道丘国章说的这句土话的具体含义，但是讲白话（粤语）和讲潮州话的队员就听不懂了。

"老丘同志，要不你给大家解释一下，什么叫'好吃不过油豆腐'吧？"眼见丘国章卖关子，关绮清也知道丘国章的用意，所以立马捧场地接话道，还有模有样地请求丘国章给大家解释解释。

"小关同志，在回答上一个问题前，我先问你一个基础的问题，你有听说过东江瓢豆腐吗？"丘国章没有直接回答刚才提出的问题，反而是继续卖关子地问道。

"那当然知道，那是东江地区客家人的名菜嘛，我没吃过猪肉还能没见过猪跑吗？"关绮清笑着打趣道。

"知道就好，其实油豆腐跟瓢豆腐有点类似，不过它外面那层豆腐是油浮过的，特别香口。经过油浮的豆腐外香里嫩，闻起来和吃起来都比一般豆腐更香、更可口、更美味。可是因为现在世道不好，我们黄村地处偏远山区，穷得平时都很少见到油，就更别提用油来浮豆腐那么奢侈了。所以如果能吃上油豆腐，那就简直是过上了神仙般的生活，才会得出一句'好吃不过油豆腐'。"只见丘国章说着说着，神色越发严肃起来，刚才想要调节的气氛明显也没有达到预期的效果。其实丘国章的心情也不难理解，一道又便宜又好吃的传统客家菜，却因为世道艰难，很多人根本吃不起，这样的世道怎么能让人不气愤呢？

这支年轻的队伍中，年届三十五的丘国章算是一位长者。他性格活泼开朗，平时又乐于助人，一直是队伍中大哥哥般的存在，深得其他人的敬佩与喜爱。本来想说笑逗大家，反而说得自己不开心，大家都拍了拍他的肩膀，示意他日子总会好起来的。

"那我们就继续努力赶路吧，争取今晚让张队长请我们吃上油豆腐。"还是关绮清这个小姑娘心思玲珑，一下就调动了大家的情绪，同时还让丘国章从忧国忧民的心情中释放了出来。

不得不说，年轻人就是精力充沛。经过丘国章和关绮清两人的调动，抗先队的队员们全都精神奕奕起来，剩余的 10 多公里山路，就在众人一路欢声笑语中走过去了。时间不知不觉地流逝，众人也很快踏入黄村地界，来到从西往东的第一道山口——风门坳。

站在风门坳的山顶，远眺黄村最高峰，海拔有1300多米高的七目嶂（据说站在七目嶂的山顶，可以看到河源、龙川、紫金、五华、兴宁、连平、博罗，故名七目嶂）。黄村乡，地处龙河紫五四界相交之地，东临五华县长布镇、南靠紫金县中坝镇、西接河源县叶潭镇、北连龙川县紫市镇，确实是一个好山好水的养人地方。从风门坳上俯瞰，整个黄村尽收眼底，只见客家民房星罗棋布，一条名叫蓝溪河的

小溪自七目嶂的源头，川流经过黄村乡的大部分村落，自东向西流经叶潭乡、蓝口镇而汇入东江。整个黄村都被七目嶂、燕子崖、虎目嶂环抱，地理位置十分险要。

回到阔别已久的家乡，张华基的内心特别激动。当初他离开黄村时，还是个处在求知识、求学问阶段的愣头小子，现在重归故土，他却肩负着组织的重任。看着眼前既熟悉又陌生的家乡，他不禁想起离开广州时，中共广东省委领导尹林平的重托："黄村虽然是山区，但它有三大有利条件：一是地处龙、河、紫、五的四县交界山区，地势险要，战略位置十分重要；二是那里群众基础好，康禾曲龙曾经有过党支部；三是那里的人民勤劳勇敢，且文化较为发达，乡中有中学，村村有私塾，容易传播革命思想。正因为黄村地区对革命的重要性，省委才派你和绮清同志带领抗先队到黄村一带活动，目的是要你们充分利用抗日的合法身份发动群众、组织群众，秘密发展党组织，为日趋严峻的抗日战争筹备物资、输送人才。"想到领导同志的嘱托，张华基忍不住拉着丘国章的胳膊大声说道："老丘，我们回乡了！为了全国的抗日事业，好好地干一场吧！"

"对，咱们要好好大干一场，早日把小日本赶回老家去！"丘国章应声答道，说完就带头大步流星地向黄村墟赶去。

夜幕时分，抗先队众人终于赶到黄村墟。黄村墟是一条长约三百米、宽不到十米的两排泥砖木屋混合结构的楼房组成的小街。这些楼房大部分是两层式，也有一小部分是一层式。蓝溪河在墟镇边缓缓流过，从墟镇通向北边的黄村坳村有一座木质小桥，叫东门桥。整个墟镇现在漆黑一团，除了有几栋像样一点的屋里透着煤油灯的光芒外，其他大部分的小店都在点竹柴火和松光火（所谓的竹柴火就是把像拇指粗细的竹子锤破后，放在水里浸泡半个月，捞起晒干再加工后的竹子，特别耐烧；而松光火则是用浇上松树油的小木柴制作而成），能见度很低。

"有煤油灯的建筑应该是黄村乡公所、警察署和地税粮库，我们明天再去。现在我们先找找附近的旅店住宿一晚再做计较吧。"虽然离乡已久，但对自己老家还是非常熟稔的张华基如此说道。在黑灯瞎火、水静鹅飞的墟镇上，别说美味可口的油豆腐了，想找个人问问路都难。最后还是丘国章连续敲开了好几间门店的门，才找到了一间破旧的小客栈，不至于露宿街头。至于吃喝问题，还是小店老板好心，为大伙煮了一大锅红薯粥充饥，权当晚餐，而张华基刚才答应的油豆腐自然是吃不上了。

休息前，关绮清及几名非客家籍队员都笑着对张华基说："张队长，你还欠我们一餐油豆腐哦，可别忘了。"

张华基听完几人的打趣，也颇显无奈地笑道："同志们请放心，等打跑了小日本后，我再请大家吃一顿够劲的油豆腐，下次绝对不食言。"

次日上午，张华基带着丘国章、关绮清拜会了时任黄村乡乡长的邹华卿老先生。邹华卿是黄村坳人，家境殷实且为人正直公道，平时处事又谨慎小心，对待乡民也仗义疏财，在整个黄村山区，特别是黄村坳，都很得民心，被大家推选做了黄村乡的民选乡长。

在听说省抗先队的人来拜会自己后，邹华卿也很是高兴，忙叫族弟去通知乡警察署巡官张家超、国民党黄村书记长张其勋、自卫大队

长程兰亭等一同见面。张家超、张其勋和程兰亭都是死心塌地的国民党党员，他们的家族都是黄村富甲一方的豪绅。他们碍于老乡长的威信，只好到乡公所会客室与张华基三人见面。

主客寒暄过后，张华基拿出了广东人民抗日先锋队的公文，递给邹华卿，并告知抗先队来黄村就是要向黄村人民宣传抗日主张，唤醒黄村人民的抗日热情，做到有钱出钱、有枪出枪、有力出力，以达到打倒日本帝国主义的目的。

"小兄弟请放心。正所谓国家兴亡，匹夫有责，本人将全力支持抗日。"听完张华基的来意后，邹华卿连忙表示全力支持抗先队工作。

"宣传抗日可以，宣传赤化不行！如果被我发现你们宣传赤化的话，那就别怪我不客气了！"张家超见邹乡长对张华基等人这么客气，心里早就不满，于是便阴阳怪气地站了起来，用眼神示意张其勋和程兰亭跟他一起走。临走前，狠狠地撂下这句话，带着他的两个得力干将回伪警察署去了。

黄村地区的国共双方代表人物的第一次会面，就在这样的气氛下不欢而散。接下来的日子，抗日先锋队、东江华侨回乡服务团等组织便开始在黄村地区宣传马列主义，宣传抗日，唤醒群众，建立党组织，播下革命种子，与国民党反动派的斗争也慢慢拉开序幕，血与火的岁月在此刻正式开始。

大榕树下

为了尽快开展抗日宣传工作，打开抗先队在黄村地区的抗日斗争局面，抗先队党小组研究决定兵分两路：一路由丘国章、关绮清带队，在黄村乡内黄竹径的山神庙外设立宣传点，大张旗鼓地开展抗日宣传活动；另一路由张华基负责，开展地下工作，物色思想先进的青年吸收入党，为以后黄村地区建立党组织提供有力的保障。

黄竹径地处梅陇村和万禾村的交界，依山边有一座小山神庙是清朝乾隆时期的建筑。听这里的乡民说，此山神庙虽小却颇为灵验，所以长年以来香火不断、礼拜不绝。在山神庙靠河边的地方，生长了一棵四五百年树龄的大榕树，榕树树干之大合几个成年人联手围抱都抱不过来。而且大榕树的树冠枝繁叶茂，以及它树干下高低错落隆起的树根，有几十平方米，就像有几十把椅子一样可供过路之人坐下乘凉。夏季炎热时，这里便是一处歇脚纳凉的好地方。据当地老人说，正是因为有了这棵大榕树，才有后来山神庙的建立。

丘国章和关绮清把抗日宣传平台设在黄竹径的大榕树下，可以说

是一个最好的选择。因为，黄村乡在上半乡有七八个大村落，居住有上万村民，每逢农历二、五、八的日子（即黄村墟的趁墟日），他们都要到黄村墟赶集，用自己生产的农产品卖钱或以等价物置换的形式，换取自己家所需的货物。所以，黄竹径的大榕树下每逢趁墟日，来往人员络绎不绝，好生热闹。

丘国章带着关绮清等抗先队员来到山神庙时，看着这棵他小时候最爱攀爬的大榕树，心里不禁勾起了许多回忆。还记得有一次，那时还是小不点的自己爬上了大榕树的树冠（约有十米），然后在树冠垂向河边的一侧一跃而下。那时，他本来想以插水式的帅气动作进入水潭里的。但是幼小的他并不知道人在空中极难掌控平衡，他当时根本无法调整姿势，就在重力的作用下以大字形的姿势拍在河面上。那股疼痛感，他到现在依然记忆犹新。在他重回故里看到大榕树的那一刻，还不自觉傻笑地摸了摸肚子，仿佛又回到那个无忧无虑、只顾玩耍的童年。

"老丘，你在那傻笑什么？"关绮清在一旁交代抗先队的队员宣传注意事项时，看到丘国章摸着肚子、无故发笑，于是便好奇地问道。

"没什么，只是想起了童年的一些趣事而已。怎么样，都交代好了吗？"丘国章摇了摇头讪笑一声，便快速进入状态。毕竟现在国家正处在危难时刻，可不是回忆童年的好时候。

"已经按照之前商量研究的方案安排好了，接下来我们只要对路过的民众做好宣导工作就可以了。"关绮清见丘国章聊起正事，于是郑重而又严肃地回答道。

根据党组织昨晚的研究部署，丘国章和关绮清两人把这一路负责宣传的抗先队队员分为两个小组：一组为劝导组，由丘国章负责，专门劝导路过的村民，要求他们听从政府安排，并进行抗日教育。丘国章本身就是黄村乡万禾村人，语言相通，人又长得高大威猛，由他来负责现场指挥、劝导路过的村民，绝对能起到事半功倍的效果。这是第一套程序，程序完了后，则把路过的村民交给二组。二组为识字组，由关绮清负责，专门在大榕树下教授路过的村民认识几个简单的汉字。他们在大榕树上挂了几句标语，依次分别为"我是中国人""打倒日本帝国主义""小日本从中国滚出去""国家兴亡，匹夫有责""有钱出钱，有力出力"等。而且，在识完这些字后，关绮清还会教大家唱《大刀进行曲》等抗日歌曲。关绮清本来就是队伍中的小才女，口才了得，在她的教育、解说、领唱下，自然能让路过的村民对抗日斗争产生共鸣。

本来，在抗先队的宣传活动下，黄村地区的农村、小学都迅速行动起来，纷纷成立村队部、乡队部，发展抗先队队员，开展抗日宣传工作。但崇伊中学就是按兵不动，对抗日宣传非常冷淡，原因就是该校由一个比较顽固而傲慢的训育主任程佩美把持，抗日宣传工作难以开展。

设在七目嶂下漆树村的崇伊中学，虽然只开设了初中部，但这已经是当时蜚声海内外的河东地区最高学府。崇伊中学是为纪念宋代大儒程伊川兄弟而建的一所民办中学，创办于1927年。1927年前，乡中青年程蔚其等多人倡办中学，获崇伊学堂督办程沛霖赞许，于是由程姓族长程梅阁牵头，召集蓝能康三乡耆老开会，推举程廷勋等三人为筹办董事，拿出程姓祠堂全部资产为创办基金，并发动三乡乃至邻

县的有识之士共同集资,同时经过三下南洋募捐,才最终集齐创办资金,开办了崇伊中学。此中学开办后,曾为龙河紫五四县培养出了大批优秀人才。

恰在此时,上级党组织派了广东青年抗日先锋队总部巡视员张廉光(张持平)前来检查工作,当时丘国章在黄村墟天佑药店接待他,并向他汇报了黄村地区开展抗日宣传活动的情况。张廉光得知崇伊中学的抗日宣传活动开展不好的原因后,便从口袋里掏出一张印着"日本法政大学经济学士、山西民族革命大学教授张廉光"的名片给丘国章看。

丘国章看后立刻拍手叫好:"有你这么一个大知识分子坐镇,那个程佩美绝对不敢再漠视我们抗先队了。"

果不其然,第二天,丘国章陪同张廉光前去崇伊中学。一见面,丘国章就将张廉光介绍给程佩美认识:"这是韶关(当时省政府所在地)派来的广东青年抗日先锋队总部巡视员张廉光同志,前来我们黄村地区检查抗日先锋队的组织发展情况及开展抗日救亡宣传活动的情况。"

丘国章一介绍完,张廉光便谦逊地从怀中把自己的名片递给程佩美:"程主任你好。"

程佩美细看了一下张廉光名片上的头衔,知道来人并不简单,立马丢下自己的顽固和傲慢,连忙打躬作揖,恭恭敬敬道:"是、是、是,好、好、好。"

"目前,国共合作,全国上下都在团结一致积极抗日,开展抗日救亡宣传活动,不知贵校在这方面做得如何?"

"一定,一定,一定要搞。"程佩美支支吾吾地答应,并请示张廉光如何开展这一工作。

"既然程主任觉得应该搞好抗日宣传活动,那就请你支持,今天晚上召开群众大会,发动贵校师生和附近村庄人民群众参加,开展抗日宣传活动,好吗?"

张廉光已经完全震住程佩美,对他的要求,程佩美自然是点头照做。于是当晚在崇伊中学操场上点亮了松明火,开了一个六七百人的群众大会。会后,张廉光和丘国章等人与崇伊中学的领导交换了意见,学校领导也表示立即行动组织抗先队,开展抗日救亡运动。

冬去春来,不知不觉来到1939年,抗先队除了在大榕树下的据点进行抗日宣传活动外,张华基、丘国章和关绮清等人还在黄村地区开展了形式多样的宣传活动。一是他们在1939年春节,以舞狮和武术表演等形式,赋予宣传抗日新内容,收到极好效果;二是关绮清负责定期到各村出壁报,每周出一份以漫画、短文、诗歌、顺口溜、新闻(前线战况,后方的好人好事)等为形式的壁报,很受黄村本地民众欢迎和支持;三是在各村办起了夜校,既加强了抗先队与群众的密切联系,提高了群众的思想觉悟,普及了文化知识,又培养了一批革命基层干部,发展了一批共产党员,壮大了革命力量。

当然,在黄竹径大榕树下的据点也依旧每天进行着抗日宣传活动。在大榕树下宣传了几个月后,丘国章发现一个奇怪的现象,就是每次趁墟川流不息的人群中,他总能看到三五个上了年纪的男人,脑后拖着又长又粗的大辫子在赶路。清朝已被推翻快30年,在黄村还能看到代表封建残余势力的长辫子,实在是有点不可思议。不过,就黄

村这种一直以来处于边远山区，不仅交通闭塞，连信息传递也封闭的地方来说，民智落后、残存封建习俗似乎也不足为奇了。

于是，丘国章经过深思熟虑，在考虑了种种情况后，某天晚上就找到张华基、关绮清，和他们商量并提出自己的想法："华基同志，我想在下次墟集时多准备两把剪刀，把那几个清朝遗老头上的长辫子剪掉。这样应该更能扩大我们抗先队的影响力。"

"老丘同志这个提议很好，我非常赞同。在我家乡东莞，早就看不到男人头上的长辫子了。"关绮清也极力赞成丘国章的主张。

"我赞成剪辫行动。剪掉了辫子，就等于剪掉人们固有观念中残存封建势力的标志，既是打击封建残余思想，也是唤醒民众抗日意识的一次重要行动。"张华基用手指摩挲了一下下巴上刚长出的胡碴，随后一拍桌板同意道。

"同志们，清朝遗老虽然是留了长辫子，但他们也是劳动人民的一分子，所以我们要注意策略，尽可能地跟他们讲道理，做到以理服人。"张华基拍完桌子，又仔细想了想，随后对丘国章补充嘱咐道。

"放心，我会注意分寸的，保证不伤人。"丘国章露齿一笑回道。

在满眼翠绿的大榕树下，又是一个艳阳天。山神庙宣传点处，抗先队还是像往常一样做好了各种准备，以迎接村民们的到来。不过这次，他们除了准备好茶水外，丘国章和另一位男队员的腰里，都别了把剪刀。

上午八九点钟，趁墟的人一批批到来，他们很自觉地排队识字、唱歌，然后坐在大榕树的树根上边喝茶边乘凉边看其他村民识字唱歌。路过的村民大多都是些目不识丁的穷苦人，平时生活也没有什么娱乐，现在有人专门免费教大家识字、唱歌，讲大山外的国家形势，大部分人对抗先队还是心存感激的。

说来也巧，就在抗先队教了几拨人后，在上午 10 点来钟，一名叫钟亚狗的老年人正步履蹒跚地向大榕树这边走来。他 50 多岁，身穿一件很是破旧的长衫，脑后拖着一条又长又粗的大辫子，气喘吁吁地来到大榕树下。

"大叔您好！累了吧，先喝口水缓缓。"见到来者，丘国章就主动迎上前去，手里捧着个装满清茶的碗递了过去。

"后生仔（年轻人），你真有礼貌，谢谢啦！"钟亚狗含笑接过清茶，喝了一大口后便环顾四周，看到那么多人在排队识字、唱歌，他也想去凑凑热闹。

"大叔，我想跟您商量个事，不知道方不方便？"丘国章笑容可掬地拍了拍钟亚狗的肩膀，然后拉着他的手走到一边道。

"后生仔，你有什么事想与我商量，说吧。"钟亚狗本来也想跟众人一样识字、唱歌，现在被丘国章拉到一边，明显有点不大愿意，布满皱纹的额头看起来更皱了。

"想与您借件东西。"

"借什么？我穷得响叮当，没什么可借。"钟亚狗越发不高兴，言语中也开始不客气。

"这个东西您肯定能借，那就是您头上这条长辫子。"丘国章仍是笑着说道。

"借什么都行，这条辫子绝对不行！小时候，我阿公（即黄村

土话里的祖父）对我说，北京皇帝老子有令，男人不留辫子就要杀头，你跟我借辫子是想我被杀头吗？这辫子就是我的命，打死我也不借！"

"怎么会要您的命呢？您看看我，再看看周围的男人，我们都没有留辫子啊。大叔，您知道的北京皇帝早就被人民推翻了，现在我们剪掉辫子，是不会被杀头的。您看这辫子搭在脑后多热啊。平时洗头也很不方便，我们还是剪了吧？"丘国章并没有因对方的拒绝而放弃，不断循循善诱。

"后生仔，我才不信你说的话，什么皇帝老子不在了，那都是骗鬼的。过去很多大地方的男人，就是因为不听皇帝的话，不留辫子然后被朝廷抓去杀了头，听说杀了好多人呢。说不定，你们这些后生仔不留辫子，哪天就给皇帝抓去杀头了，我才不学你们。"不管丘国章怎么好说歹说，钟亚狗就是不听，反而还自顾自说教起来。

丘国章眼见对方不听劝说，便示意另一位腰揣剪刀的男队员做好硬剪辫子的准备。然后丘国章突然指着大榕树下的河面大呼："哇，有人掉水了！"

由于丘国章的表情生动、言辞恳切，很多人听到他这声大呼，都忍不住看向水面，包括固执的钟亚狗。可当钟亚狗转头的一刹那，那名准备就绪的男队员便突然上前把他抱住，让他动弹不得。此时，丘国章则从腰间掏出事先准备好的剪刀利索地剪向钟亚狗的辫子。

只听"咔嚓"一声，那条又长又臭，充满封建残余味道的花白辫子便从钟亚狗的脑后分离，到了丘国章的手上。

"救命！救命啊！你叫我以后还怎么见人哪？"钟亚狗双手摸着

被剪去长辫后空空荡荡的后脑袋，顿时觉得自己的脖子以后估计也要空空荡荡了。一想到这，钟亚狗悲从中来，忍不住蹲在地上，双手掩面，流出了伤心的泪水。

丘国章拿着长辫放到鼻子上闻了闻，并拿到周围围观的人群中，让大家也跟着闻了闻。大家全都捂着鼻子，觉得辫子臭味太重、太难闻了，纷纷躲避开来。

"大叔，您可能很长时间没洗头了吧，这辫子实在是太臭了。"丘国章边说边将辫子送还给钟亚狗。

钟亚狗一把夺过辫子，气急败坏地说道："我们穷苦人哪有那么多工夫洗头，臭也很正常。你这后生仔良心太坏了，剪人性命还不够，还要嘲笑我，我跟你拼了！"

说罢，钟亚狗就扑了上去，跟丘国章纠缠在一起。丘国章年轻力壮，而且也略微懂点武术，又岂是钟亚狗这老头打得过的？不过丘国章并没有动真格，只是被动防御。等抗先队队员过来帮忙将两人拉开后，丘国章又诚心诚意地跟钟亚狗道了个歉，并详细说了剪头发不等于剪头之事。在抗先队队员的轮番劝说下，钟亚狗见自己也奈何不了这帮年轻人，终于气急败坏地离开了大榕树。

又过两天，钟亚狗经自己同村之人的劝解和安慰，知道丘国章并没有骗他，北京确实不再有皇帝了。于是，他在下一次趁墟的时候，又来到了大榕树下，并找到了丘国章。

"后生仔，剪了辫子后，我现在感觉舒服多了。我也相信，现在没有皇帝，不怕会被抓去杀头了。所以，我不怪你们了，谢谢。"说罢，钟亚狗还对抗先队众人深深地鞠了一躬。

　　此后每逢墟日，丘国章他们在大榕树下，除了教村民识字、唱歌、宣传抗日活动外，还多了个剪掉清朝遗老辫子的工作。这样坚持了两个月，总共剪掉了10多个老男人的长辫。从此，黄村地区再也看不到留着辫子的男人。整个黄村地区也因抗先队的宣传，出现了参军、捐钱、捐粮、捐枪的抗日热潮，黄村乡的面貌焕然一新。

红十月村

　　丘国章那边带领抗先队大张旗鼓开展抗日宣传活动的同时，张华基这边也悄无声息地开展着他的地下工作。他白天与黄村乡的上层人物打交道，经常到各村去拜会士绅土豪，向他们宣传抗日道理，动员他们捐钱捐物，支援前线抗日；夜晚则经常秘密会见各村的抗日积极分子，特别是各村有文化、有知识的青年。

　　张华基首先利用其伯父家在欧村的便利条件（其伯父曾在宁山办畜牧场发家后，于1930年在欧村购地建房，把家安在欧村），把秘密联络据点设在这里，方便开展地下工作。

　　张华基、丘国章带领抗先队在黄村开展抗日活动后，特别是丘国章在黄竹径刀剪清朝遗老长辫子的事迹，一下子就传遍了黄村山区的每一个角落。一时间，黄村人民把丘国章当成英雄般的人物来传颂。

　　欧村是一个大村落，由张、曾、李、戴、钟等姓氏组成。村子按照五大姓氏依次排列，可以从蓝溪河边一直排到靠三洞村山边的热水村（钟姓的热水村有丰富的温泉资源，天然水温高达92摄氏度，具

有治疗皮肤疾病的效果，深得黄村人民的喜爱，故此村被命名为"热水村"）。由于客家人生性淳朴善良，欧村五大姓氏倒是能够和睦相处、相安无事。

在欧村张姓人宗祠边上的房子里住着一名叫张惠民（张古）的年轻人，目前正在崇伊中学伙房里做杂工。正因为他家里穷，才不得不在十八九岁的年纪就外出打工。而且在学校里打工，既能解决生活问题，又能学到不少知识，可谓是一举两得。在学校里增长的才干，也让他成为欧村里难得的能够识文断字的青年。与此同时，因他祖辈、父辈的兄弟众多，到了他这一代，家族人丁兴旺，成了欧村张氏的一个大家族。只要张惠民回到家中，身边总会跟着张潭、张迅、张林等众兄弟。

张惠民在崇伊中学听到张华基、丘国章等抗先队的事迹，他认为张华基等人皆是从省城归来，必然很有本事，于是他利用工作闲暇之余，带着张潭等人特地前去拜访。

"华基兄弟，我叫张惠民，就住在你伯父家隔壁那屋。之前在学校里听说你和丘国章先生回家乡宣传抗日活动，今天我是特地来学习讨教的。"

"惠民兄弟，我早就在村里听说你的大名了，你边打工边学习文化知识的事在村里已经成为一桩美谈。今日我们兄弟几人相见，别说什么讨不讨教的，大家互相学习，不用客气。"张华基见来人自称张惠民，也显得格外高兴，连忙将几兄弟让进大厅里坐下。

"华基兄弟，既然大家都是同村兄弟，那我就不客气，有话就问了。你觉得我们中国人能否打败日本人，把那些小鬼子全赶出中国去？"问完问题后，张惠民可能自己也对国家信心不足，又补充道：

"我听说日本人的武器很先进，而且还听说他们特别能打仗，把大半个中国都占领了，甚至还有的说把我们国家的首都南京都占了去，这些都是真的吗？"

张惠民提出的一连串问题，其实也是全中国略有思想的人都会思考的问题。张华基曾经也想过这些问题，所以胸中早有成竹。不过他还是沉吟了一会儿，略微想了想措辞，才说道："惠民兄弟，我认为你这些问题提得很好，这是每个有志的中国人应该想的问题。能否打败日本帝国主义，中国人民是否可以取得抗日战争的完全胜利，容我慢慢与你们探讨一二。"

接着，张华基便从日本明治维新讲起，日本国力是怎么一步步慢慢壮大，又说到1894年日本对华发动甲午战争，中国战败被迫签订了耻辱的《马关条约》（1895），割让辽东半岛（后因三国干预，中国给付三千万两白银"赎回"）、台湾全岛及其附属岛屿、澎湖列岛，赔偿日本兵费两亿两白银。自那以后，日本人将这笔"赔款"一半用作经办教育的经费，另一半用作扩充军队，并向西方列强购买先进武器，又反过头来继续侵略中国。然后又说到1931年9月18日，日本军队借口沈阳北大营事件，悍然发动"九一八"事变，从而占领东北三省。最后还说了1937年7月7日，日本人又以同样借口，发动了"七七"卢沟桥事变，开始对中国的全面侵略。

张华基越说越气愤，整张脸都涨得通红，眼珠子也布满了血丝。

"惠民兄弟，你们知道吗？凡是日本军队所到之处，他们奸淫中国妇女，疯狂屠杀中国人民，仅国民政府首都南京，在1937年年底不到一个月的时间,就被毫无人性的日本军队屠杀了30万人,整整30万人啊！

那是怎样的一个尸骨如山、血流成河的景象啊！"

撕心裂肺过后，张华基慢慢平复了下来，他还有话要继续跟张惠民兄弟说："你刚才问到日本人的武器是不是很先进，我的回答是'是的'。战争一开始，我们的武器根本比不过日本人，加上他们有先进的飞机，拥有了制空权，我们国家的军队确实吃了大亏。据我所知，国民党十万大军，在山西中条山战役中就被只有5000余人的日本联队打得大败，在死伤6万余人后被逼落荒而逃、溃不成军。我们国家的军队不仅没有飞机，就连火炮也少得可怜，射程也只有短短的千来米。而日本人的火炮射程足足有2500米，是我国火炮射程的两倍多。在战场上，我们国家的军队往往都处于打不到对方，但对方却能打到我们的尴尬处境。那时候，我们国家的军队天天死伤几千人，连日本人的面都没见着，就不断地出现减员，不败才怪。所以，战争刚开始，我们国家处处失利，这都是事实。"

张华基一口气说了那么大串的话，把张惠民几兄弟听得一愣一愣的。这些话都是他们几兄弟之前从来没有听说过的。眼见效果有了，张华基豪迈地灌了一大口开水后，便继续乘胜追击，开始精准提问了："惠民兄弟，不知道你之前有没有听说过红军呢？"

"听说过，就是前几年在江西搞得轰轰烈烈的'朱毛'红军嘛。对了，后来我听说他们到北边去了是吗？"张惠民因在崇伊中学工作，在学校阅览室看到过有关报纸报道，所以也知道一些国内的消息。

"是的。"张华基肯定了张惠民的话后，又接着说道："'朱毛'的红军，为了带领全国人民抗击日本侵略者，已将红军队伍开到陕北，与国民党冰释前嫌、联合抗日，并将红军改编为八路军，开赴山西、华北前线打击日本鬼子。去年年底，八路军的115师在山西的平型关消灭了日本精锐部队板垣征四郎师团1000多人，打破了日本军队不可战胜的神话。而八路军129师更厉害，在山西一个叫阳明堡的地方，袭击日军机场，炸毁了日军24架飞机，大涨了中国人民和中国军队的士气。"

张华基越说越兴奋："不仅仅北边的八路军能打，就连我们广东群众武装，也能打日本鬼子。前不久，在东莞县有一位叫王作尧的年轻人，就带着他的抗日游击队，在东江边伏击了小鬼子的部队，用简陋的武器消灭了20多个日本兵，同样大涨了我们广东人民的斗志。可惜就是牺牲了抗日游击队两名战士。"

"被你这么一说，确实是大快人心啊。不过你说了那么久，还没说我们到底能不能赢啊。"张惠民心里最想知道的，还是这个答案。

"好的好的，那我现在就来说说我的见解。其实也不是我的见解，而是毛泽东主席的见解，我只是听过后深感认同，现在也跟你们说说。对了，你们听说过毛主席吗？"张华基见张惠民点头，其他几兄弟摇头，也不以为忤，慢慢给几人说道："毛主席就是刚才提到的'朱毛'红军里的'毛'，是中国共产党的主席，不久前他在陕北延安发表了一篇很著名的《论持久战》。这篇文章就为我们全中国的抗日战争指明了方向。毛泽东主席认为，抗日战争大体分为三个阶段：第一阶段是日本人武器先进、军队训练有素，所以开战之初将是日本人进攻，中国军队退却；第二阶段是中国幅员辽阔，回旋空间大，只要顶住日本军队的第一轮攻势，就能守住阵脚，战争也会进入相持阶段；第三阶段是日本乃小国，资源贫乏经不起长期战争的消耗，而中

国地大物博、各种资源十分丰富，经得起长期战争的消耗。最关键的是日本是侵略战争，是非正义的行为，而中国是反侵略的正义战争，得道多助、失道寡助。所以，抗日战争的最后胜利，一定是属于我们中国人民的。"张华基说到最后一句时，声音突然提高，将心声大声地喊了出来，他的双眼也炯炯有神，仿佛看到了中国人民经过艰苦奋斗、百折不挠的战争后，终于迎来了胜利。

"华基兄弟，俗话说'听君一席话，胜读十年书'，谢谢你为我们兄弟几人解惑。我之前也曾与我家兄弟说，我们中国那么多人，只要能组织起来，每人吐一口口水都能把小日本给淹死。看来，我这想法也不算是异想天开啊，哈哈哈哈。对了，以前我们张家为了对付土匪吊参（绑票），用族内公偿（即公偿田，又名共有田、祖偿田。以血缘为纽带，以宗祠为中心，将先祖经营的田地划出一部分为祖田，或后裔集资购置的田地，由子孙轮流耕种，提取租金用于扫墓、祭祀、修祠等公共用途）购买了一支中正步枪和三支粉枪（即火药枪），如果抗先队用得着，我们几兄弟连人带枪都交给抗先队了。我也想像王作尧那样，到东江边上打日本鬼子！"张惠民、张迅等张家兄弟都是有志有为的热血青年，刚才听了张华基热情澎湃而又精辟中肯的抗日形势分析，他们都觉得很受教，纷纷表示要为中国人民的抗日战争出一份力。

"你们兄弟真是中国人民的好儿子，祖国能有你们这样的好儿子，一定不会灭亡，一定会取得抗日战争的最后胜利！"仅仅是小半天的接触、交流，张华基与张惠民几兄弟的感情一下子拉得很近，都有种相见恨晚的感觉。

随后的一段日子里，张惠民几兄弟便经常与张华基、丘国章等人谈心、畅谈人生理想、抗日救亡的壮志以及对国民党反动政府的不满。同时，张华基及丘国章也故意透露了一点共产党的主张，想看看张惠民几兄弟的反应。经过大半年的培养教育，张惠民及其三个兄弟都具备加入共产党组织的条件，经请示河源县委并报中共东江特委批准，1940年，张惠民四兄弟秘密入党。

加入共产党组织后，张惠民四兄弟更加积极地为党工作，他们配合张华基、丘国章等人，在黄村各村发展合适的入党对象。他们以姻亲、交朋友、拜把子等各种形式，在梅陇村发展了李作新（李振华）、李奇（李作强）、李作坚等人；在万禾村发展了丘启文；在板仓村发展了黄占先、黄德安、黄志中、黄义中；在永新村发展了黄平；在宁山村发展了李树、唐坚；在漆树村发展了程光、程佩舟等。共产党的星星之火就像种子一样，已在黄村乡的各村播撒开来。

随着革命斗争的深入发展，从1940年开始，欧村便成为河源县工委及以后的县委和后东特委工作活动点之一。中共河源县工委书记李光中、陈柏昌，东江特委组织部部长饶卫华，青委饶璜湘、张廉光，龙川中心县委书记张直心，之后的后东特委梁威林等领导同志都经常在欧村张华基家和张潭、张迅家接头开会。县委还曾在欧村办过马列主义学习班和干部培训班，张其敬、欧阳裕、黄川、李作新、钟周俊等都参加过学习班学习，经过培训，这些青年均成为黄村地区革命斗争的骨干。自然而然，欧村也逐渐成了游击部队的交通情报站、开展活动的场所、接待上级领导的堡垒村。

到了1941年年初，欧村已发展有10多位党员。为加强对党员的组织领导，更好地发挥战斗堡垒作用，经中共东江特委批准，欧村成立

了共产党在黄村乡的第一个党支部，张迅为支部书记，张林为宣传委员，曾松茂为组织委员。欧村党支部成立后，发挥了很好的战斗堡垒作用，为黄村地区的抗日战争和解放战争，做出了很大的贡献。

新中国成立后，黄村区委将中华人民共和国成立的日子，定为红色的十月、金色的十月。经区委研究，决定把这光荣的十月授予黄村第一个拥有党支部的欧村。从此，欧村、戴屋两个自然村，就有了一个响当当的名字——红十月村。当然这些都是后话了。

隐蔽战线

　　黄村乡国民党伪警察署二楼，张家超、张其勋和程兰亭这三个欺压黄村人民的恶魔正围坐一圈，一边抽着烟，一边商量着关于抗先队在黄村地区宣传抗日活动的事情。由于抗先队在黄村地区掀起的抗日热潮，特别是丘国章、关绮清他们在黄竹径大榕树下设立的宣传点，剪掉清朝遗老长辫子之举带来了轰动效果，不少思想觉悟较高的农民，尤其是有文化、有学识的青年纷纷要求加入抗先队。这一情况让张家超感到不安，觉得必须跟张其勋和程兰亭两人好好商量一下对策。

　　"其勋、兰亭，最近张华基、丘国章等人在黄村各村到处招兵买马，拉拢了不少年轻人加入他们组织。如果我们再继续任由他们发展，以后恐怕就没有我们的好日子过了！"在寒暄了几句后，张家超率先说起正事，只见他抽出一沓抗先队的抗日宣传活动单狠狠地拍在桌面上，凶神恶煞地说道。

　　"这简直是太无法无天了，我们不是警告过他们，宣传抗日活动可以，搞赤化一定会给他们好看吗？他们竟然还敢偷偷培植壮大？他

们到底知不知道自己是生活在青天白日之下？"听到张家超的话，程兰亭气得把桌子拍得啪啪直响，暴跳如雷。

"超哥，你知道现在他们发展的都有谁吗？"跟程兰亭这个大老粗不同，张其勋属于那种阴恻恻的狗头军师式人物，他没有拍桌子，也没有面红耳赤，而是相当冷静地问道。按他的想法，这伙人是不能留了，只要找准机会，全部都得抓起来，情节最轻的也得在牢里关个十年八年以儆效尤。

"目前我收到的情报，只知道有好几个崇伊中学的学生，他们有文化、有见识，在学校里拿着抗先队的宣传活动单到处宣传抗先队的好，完全没把我们国民政府放在眼里。我看啊，我们该找个时间好好到学校整顿一下了。"张家超眯着眼睛，顿了顿，随后看向张其勋，说："那帮抗先队的小崽子才是祸乱黄村的根源，想要黄村稳定，首先得抓住他们。不过，那帮小子好像意识到了什么，一个个都藏头露尾，跟老鼠一样，其勋，你比较聪明，有没有什么好办法，把这帮小崽子给抓住除掉，尤其是那个张华基和丘国章，不能再让他们在黄村闹腾下去了。"

"超哥放心，山人自有妙计，我已经想到了一个绝世妙招，只要……"正当张其勋准备详细跟张家超和程兰亭说出自己的阴谋时，门外突然传来了守门的伪警察和人交谈的声音，随后二楼的房门被打开。

"署长、书记、大队长，华卿哥让我来请三位过去小叙一下，想找你们过去商量些事情，麻烦跟我走一趟。"来人是黄村乡乡长邹华卿的族弟邹华。

说起邹华，那在黄村乡绝对是一个响当当的人物。他时年三十有二，生性豪爽，很有人缘，加上黄村坳全村大部分人姓邹，邹姓在黄村地区是大姓、大族。邹姓全族人都具备客家人所有的传统美德，如勤劳善良、勇敢彪悍、知书达理、团结友爱，等等。在黄村地区，有一个不成文的说法，那就是最不好惹的有两大姓，第一是程姓，第二就是黄村坳邹姓。

"是华古（这里的华古是指邹华，客家话里'古'一般代表男丁的意思）来了，先过来喝杯茶吧，喝完再一起过去。"黄村横行霸道的张家超，在被邹华打扰商量后并没有像对其他手下团丁一般随意打骂，而是表现得和和气气，还请邹华坐下喝茶。

邹华也不客气，大大咧咧地来到张家超身边，端起一杯茶就灌了下去："署长，茶喝完了，我们走吧，别让华卿哥等太久。"

"哈哈哈哈哈，好，我们这就走。"说罢，张家超也把杯中茶一饮而尽，招呼张其勋和程兰亭一起前往乡公所。

刚出伪警察署的大门，程兰亭这个粗人便咋咋呼呼地问道："其勋兄，你刚才不是说有锦囊妙计可以抓住那帮抗先队的小兔崽子吗，怎么不继续说下去了？"

闻得程兰亭之言，张家超和邹华都不约而同地看向张其勋，而张其勋则是神色不善地打着眼色。因为他觉得这件事越少人知道越好，本来他只想将这个计划说给张家超和程兰亭知道，然后派几个心腹手下带着枪去把人捉回来。但是现在邹华也在，他感觉邹华并不是信得过之人，至少在他看来，乡长邹华卿对抗先队的抗日宣传活动一直很热心，邹华这个做兄弟的也态度不明，贸贸然把计划说出去，恐怕有很大概率会泄露。

　　张其勋的眼神，在场的人或许只有程兰亭没有看懂，张家超和邹华都心如明镜。此时，张家超一把揽住邹华，表现出一副哥俩好的样子出言道："其勋，我相信华古的为人，有什么话不用避着他，大家敞开了说，没问题。"因为张家超知道，邹华没文化，为人够仗义，家底颇为殷实，所以他想通过信任的表现，博得邹华的好感，收之为心腹，好监视邹华卿的一举一动。

　　看着张家超这个三人小团伙里的大哥信誓旦旦的样子，张其勋无奈，只好直接说出了他的阴谋。原来，他在抗先队刚来的时候就已经有了防范，暗中派了手下混进了抗先队的队伍里面。现在既然下定决心要除掉抗先队，那么这步暗棋也是时候动用了。

　　张其勋的一番话，把张家超和程兰亭听得兴高采烈，直拍手掌连夸张其勋出此妙计，不愧是三人组中的智囊。而邹华表面上也是笑容满面，夸着张其勋神机妙算，心里则是一阵胆战心惊：这帮坏家伙居然想暗中对付张华基和丘国章？张华基和丘国章是什么人，那可是黄村地区的英雄，怎么能让这帮坏人祸害？

　　一直以来，他就十分痛恨以张家超为首的三人在黄村乡里欺行霸市、无恶不作的行为，只是在当时的大环境下他没得选，只能假装跟这些人称兄道弟。但是自从抗先队来到黄村后，邹华从崇伊中学的张惠民口中知道了抗先队除了抗日宣传活动外，还有着新民主主义的理想。邹华认为，这才是黄村地区乃至整个国家未来应该走的道路。于是，邹华一边对张其勋阿谀奉承，一边则展开了自己的行动，他要暗中保下张华基和丘国章。

　　邹华跟着张家超三人走向乡公所的路上，一边听着张家超他们说行动的时间和举措，一边急在心头。因为他们决定当晚就实施抓捕，如果邹华现在不把消息传出去，那么张华基、丘国章等人就危险了。就在邹华急得快要上脸的时候，他突然看到乡公所对面"茂记鞋店"里走出来一个人——曾松茂。曾松茂是张华基的侄女婿，这层关系也就邹华自己知道，张家超等人并不知情。于是，邹华看准时机，趁曾松茂路过自己等人的时候，假装系鞋带，慢了半拍，让张家超三人走在了前面，而自己则是迅速拨弄了下鞋带，然后站起身来对经过自己身边的曾松茂轻声说了一句："张华基有危险。"说罢，就假装没事人般快速跟上张家超三人的步伐。

一听邹华的话，曾松茂愕然地回头看向邹华的背影，随后就立马意识到事情不简单，行色匆匆地向欧村方向赶去，要把这个消息告诉张华基和丘国章。

邹华这边陪着张家超三人一起在乡公所与邹华卿聊完乡里的公务后，四人又再次返回伪警察署打麻将。同时，还派了10多个伪警察，让他们用暗号联络了一直潜藏在张华基、丘国章和关绮清身边的邹克儒，准备将抗先队的主要人员一网成擒。为了表示对邹华的重视，张家超还特意命人煲了鸡肉粥，顺便庆祝解决抗先队这个影响他们统治的因素。可没想到，等伪警察大部队到达欧村张华基的伯父家后，这里人去楼空，不仅找不到张华基等人，连张华基伯父一家也已经消失得无影无踪。

等邹克儒和伪警察们两手空空地回到伪警察署，如实告知抓捕结果后，气得张家超直接把麻将桌都掀了。张家超并没有怀疑是邹华通风报信，因为邹华今天全程都在他们的眼皮子底下，根本没有机会泄

露行动计划。所以他便对着邹克儒大骂道："饭桶！这么多人都没把人抓到？"

"署长，我们到的时候，那里一个人都没有……"邹克儒还想辩解几句，却被张家超眼睛一瞪给憋了回去。

"你不是一直跟在那帮兔崽子身边吗？他们跑了你怎么不知道？"张家超吹胡子瞪眼，恨不得枪毙了这些办事不力的探子。

"算了算了，人有失手、马有失蹄，这次抓不到，我们来日方长。"张其勋劝了张家超两句，随后来到邹克儒面前，从身上掏出10多个大洋送给邹克儒，并对其许诺："好好干，别灰心，将来为党国立功的话，我可以升你为乡自卫大队中队长。"

得到张其勋的许诺后，邹克儒对张家超等人更加死心塌地，当即就报告了一些他知道的情况。他告诉张家超，说黄村坳小学的邹兰友、邹培煌两人以教书为掩护，实际上是抗先队秘密发展的共产党员。

为了表示忠心，邹克儒在通报这个情况后，就带人去抓捕邹兰友、邹培煌。由于邹培煌当时有事外出，逃过一劫，但邹兰友却不幸被捕。被捕后，张家超将邹兰友送去河源伪县政府领赏，邹兰友最后在河源县城国民党水牢里被折磨致死。

此事过后，张其勋赏了一个小队长的职位给邹克儒，这让邹克儒尝到了甜头，越发得寸进尺，后来又将共产党员、飞龙大队队员邹艳中抓捕杀害。邹克儒双手沾满了革命先烈的鲜血。

话分两头，邹华这个白皮红心的人物出现在丘国章的发展党员的名单上。数日后的深夜，张华基通过曾松茂把邹华约到了黄村坳附近的古坑，一个人迹罕至的地方。当邹华出现后，经过乔装打扮的张华基、丘国章两人也从暗处现身。张华基、丘国章首先握住邹华的手，感谢对方的救命之恩。面对两人的感谢，邹华则是大义凛然地说道："这不算什么，你们两位都是宣传抗日的大英雄，我虽然大字不识、粗人一个，但也知道什么是好，什么是坏。共产党所做的事，绝对都是好事。"

"那你觉得什么人是坏人呢？"张华基暗藏深意地问道。

"那自然是张家超、张其勋那些草菅人命的家伙。"邹华想都没想，顺口就接道。

丘国章郑重其事地问："那你愿意加入共产党吗？"

"我没文化，共产党要我吗？"

"我们共产党就是无产阶级的政党，在共产党队伍中，很多都是没文化的工人、农民。但是只要他们愿意为劳苦大众服务，有推翻国民党反动政府的决心，都可以参加共产党。"张华基解释道。

"那我肯定要加入共产党。"

"参加共产党，可是要冒着杀头的危险的，你怕不怕？"丘国章紧接着问道。

"不怕！"

张华基面带笑容地握着邹华的手说："那好吧，我们研究一下再答复你，好吗？"

几天后，经中共河源县委批准，还是他们几人在古坑这个地方，发展邹华加入了伟大的中国共产党。张华基作为领誓人，丘国章肃立一旁，两人挂好党旗，邹华则面对党旗，右手握拳高举至额边，神情

严肃庄重地念下了入党誓词。

"我志愿加入中国共产党，拥护党的纲领，遵守党的章程，履行党员义务，执行党的决定，严守党的纪律，保守党的秘密，对党忠诚，积极工作，为共产主义奋斗终身，随时准备为党和人民牺牲一切，永不叛党。"随着神圣的宣言落音，邹华心想，虽然他现在身处黑暗，但心向光明，他相信在共产党的带领下，未来一定会把中国带出泥潭，走向辉煌。

不久后，张家超与支持抗先队工作的邹华卿之间的矛盾愈演愈烈，于是他向国民党县政府告状，说邹华卿是共产党的乡长，支持穷人造反，要求罢免邹华卿的乡长一职。在张家超、张其勋等人的威逼下，邹华卿被迫辞去乡长的职务，回到黄村坳养老去了（但由于邹华卿在黄村坳的威望实在太高，所以当他回到黄村坳后，民众仍然极力拥护，把他选为邹姓族长）。但是邹华卿的左膀右臂，我们白皮红心的邹华同志却依然留在张家超等人身边，伺机而动。

随后，张家超察觉到共产党在黄村地区的力量日益壮大，唯恐将来危及他在黄村乡的统治，于是又向县政府请示，要求下拨枪支弹药，以巩固黄村地区的反动武装力量。不仅如此，他还以黄村乡公所的名义，大批购买枪支，大肆招兵买马，把黄村地区出了名的地痞流氓全都收归旗下，以充实其乡自卫队和警察署，暗中谋划着要对抗先队下手。敌人已经在磨刀霍霍，随时会把屠刀举起，抗先队的形势瞬间变得十分严峻、岌岌可危。

为应对张家超、张其勋等反动武装的迫害，河源县委书记蔡子培召开了县委会议，宣传部部长黄中强，武装部兼统战部部长丘国章，青年部部长欧阳源，妇女部部长关绮清等人都参加了会议。

"同志们，张家超已经对我们举起了屠刀，虽然我们现在把机关设在深山中，交通闭塞，张家超他们暂时还不知道，但这个秘密估计保守不了多久，我们要做好随机应变的准备，做到对敌人的行动了如指掌，才能保证我们县委机关的安全。"自从张家超等人开始抓捕抗先队队员后，蔡子培就深感肩上的压力沉重，所以跟同志们开会时，脸上也出现了少有的凝重。

"子培同志的意见很好，我认为这确实是我们目前最应该重视的环节。俗语说得好，'知己知彼，百战不殆'，我们是时候在黄村建立我们的秘密联络站了。"听完蔡子培的话后，作为县委统战部部长的丘国章也提出了自己的想法。

"我赞成建立秘密联络站。"关绮清举手表示支持丘国章的意见。

"我也赞成。"欧阳源也点头同意。

县委对建立地下联络站的建议获得全票通过，接下来便就如何设点、在哪里设点、人员、情报搜集与传递等问题，都做了详细的研究与布局。最后，会议决定成立四个地下联络站：第一个联络站设在黄村墟，调欧村的地下组织员曾松茂、张梅娇夫妇，以"茂记鞋店"为掩护，就近搜集张家超等人的情报；第二个联络站设在黄村坳的地下组织员邹华家中，并指定邹华为站长；第三个联络站设在板仓村黄德安的家中，由黄德安任站长；第四个联络站设在万禾村丘启文家中，由丘启文任站长。

黄村地区的第一批四个地下联络站是经过县委反复推敲、认真研究才定下来的。黄村墟的曾松茂为人忠厚老实、性格内向，但他妻子

张梅娇人长得秀气漂亮，且性格活泼开朗，善于与人打交道，是个搜集情报的好手。况且鞋店就设在伪自卫大队部的对面，可以监视敌人的一举一动。

黄村坳地下联络站站长邹华，他常年混迹在张家超、张其勋和程兰亭等人身边，获取了很多有价值的情报。后来，国民党黄村地区反动势力多次扫荡宁山、永新、板仓等村都无功而返，与邹华送出的情报有莫大的关系。其中，1946年1月10日，当张兆伟部抵达黄村当天，邹华就在张其勋、程兰亭身边，获悉了敌人的进攻部署，连夜将此情报从黄村坳古坑送到板仓黄德安手中，让卢伟良、梁威林的联合指挥部领导料敌先机，为马肩坳阻击战取得胜利提供了极有价值的情报，为黄村地区革命做出了重要贡献。

板仓村地下联络站站长黄德安，在黄村地区也是个传奇人物。他人生得高大威猛、性格耿直，对党十分忠诚，更重要的是，他的联络站手下的五个站员都是带枪的。他的联络站除了做地下联络工作外，还有一重身份，那就是共产党在黄村地区的锄奸队。在危急时刻，不管是保卫党的领导机关及同志的安全，还是惩治特务及叛徒，都屡屡得手，威震敌胆。

关于黄德安负责的地下联络站，出现过诸多惊险的情况。1947年春的一个寂静黎明，中共地下组织板仓黄德安情报站交通员黄木华正起床，隐约听到分水凹上凹以外有枪声响起，应该是龙川方向的紫市船坑那些地方。说到即到，东二支游击队"红小鬼"黄华才带了个人来到屋门口，进屋就急促地说：木华哥，又要麻烦您了。下半夜我到竹头神（紫市）与龙川一个（中共地下组织）交通员接头，不料被敌人发现，我们从船坑跑到你这。虽然他们不知我们俩具体动向，也不知是否两人一起逃，估计还会往分水凹追。十万火急，现在这样，为避免两人行动目标大，我立即把情报往宁山送，你带此同志撤离并保证他的安全，他叫"禾梨仔"（后来得知他叫朱其暖）。黄木华神情严肃地说：知道了，阿才仔你放心去吧！黄木华立即带着"禾梨仔"从房屋左侧大水沥溪边的蚕丛鸟道直下，往叶潭双头方向转移。这条崎岖的小山径既可通往叶潭镇，也可通往龙川县紫市、黄布、四甲镇等地，是黄木华从事党的地下工作传递情报的秘密通道，也是多次掩护战友和领导脱离危险、走向希望与胜利的红色通道。今天，他又一次掩护被敌人追击的战友，穿越高山密林，走过荆棘丛生的小道，把战友送到安全地方。

果然，追兵还是追到了分水凹。这些追兵是龙川县国民党军队黄道仁的部队，全是烧杀抢掠、杀人不眨眼的刽子手，一旦发现中共地下交通员藏在这里，全村都会被烧光杀光。他们对每家每户进行搜查，没有发现黄华才、"禾梨仔"等人的行踪，恶狠狠地把黄木华等几户人家的房屋放火烧着后扬长而去。

这天上午，黄华才把情报送到了宁山当时的中共后东特委，领导们感觉事态严峻，情况紧急。当天，后东特委机关以及《星火报》编辑部很快转移，离开了宁山龙潭。河源游击大队大队长欧阳源正带领青年训练班在宁山训练，也立即撤离。后来得知，"禾梨仔"和黄华才接送的这份情报非常重要，对避开敌人锋芒，保护中共后东特委，保存革命力量起到了非常重要的作用。原来，我东纵北撤后，广东国民党军队向各地中共地下党组织和游击队进行了疯狂扫荡。接到情报

的第二天，龙川、河源两地国民党军队联手，兵分三路扫荡黄村镇宁山村，旨在剿灭中共后东特委和游击队，不料扑了一个空。敌人恼羞成怒，将宁山的七娘潦村（敌人眼中的匪窝）所有村民的房屋尽数烧毁。

至于万禾村地下联络站的站长丘启文，则是中医世家出身，他家平日有很多村民来看病，中医馆为他提供了很好的掩护，同时也成了他搜集情报的重要来源地。

为确保万无一失，情报是分两条线传递的。黄村墟的曾松茂夫妇获得的情报，先送到万禾村丘启文处中转，再由丘启文秘密送到丘国章手中；而黄村坳邹华获得的情报，则送往板仓村黄德安处中转，再由黄德安送到河源县委。

河源县委设立了四个秘密地下联络站后，使县委犹如长了"千里眼""顺风耳"般，对张家超、张其勋等反动势力的动向了如指掌。这里面，黄村坳的地下联络站尤为重要，发挥了极其积极的作用。

邹华既是黄村坳地下联络站站长，与此同时他还有另外一重身份，那就是他兼任了黄村坳的地下组织支部书记。从加入共产党的那天起，他团结村里的开明绅士邹华卿，并利用邹华卿的关系，促使邹华卿放走了近200名黄村"四一七事件"饥饿团成员。在近八年的时间里，为游击队筹措了粮食、布匹等大批紧缺物资，保护了特委领导梁威林、郑群、黄中强、魏麟基，县委领导江尚尧、丘国章、关绮清、周立群、张日和、张惠民等出入黄村墟的安全。最为令人欣慰的是，他发展了邹明、张贵、邹汉周等人入党，组织了黄村坳武装民兵小分队，1947年6月在黄村坳的古坑，与国民党龙川县伪自卫大队黄希杰打了一仗，滞缓了敌兵的行动速度，为张惠民的部队围歼该部赢得了时间。在邹华的影响下，黄村坳有50多位有志青年参加了东二支部队，为解放东江地区做出了巨大贡献。

1949 年 5 月，黄村地区大解放时，东二支司令员郑群、政治部主任黄中强曾握着邹华同志的手，动情地说："黄村坳的党支部书记邹华同志，是我党集党的建设、武装斗争、统一战线为一体的优秀基层代表。"

这就是后东特委领导对黄村坳党支部工作的最好肯定。

虎啸山林

国民党在1941年1月6日制造了震惊中外的"皖南事变"后，华南地区的国民党当局，也向共产党的各级组织举起了屠刀，他们取缔抗日先进组织，大肆抓捕、屠杀共产党人。在政治生存空间越挤越小的情况下，原设在龙川老隆镇的中共粤东特委机关，被迫离开人口密集、生存环境较好的城镇，秘密迁移到山高皇帝远的大山里——河源县黄村乡永新村一个叫文秀塘的山村。

文秀塘位于七目嶂大山的北面，靠近龙川的紫市镇，从东到西为东高西低走向，夹在宁山与板仓中间。位于文秀塘与板仓之间，有一座山名曰观音山。山中成片的千年古树，绿翠成荫，清清的山泉环山而走，清甜可口，堪称人间一绝。最难能可贵的是，在文秀塘周边方圆几十公里的大山村里，生活着近千户人家、几千口人。这种种条件，也为粤东特委（不久后改名为后东特委）提供了安全的环境及物质保障。

文秀塘顾名思义，大有来头，是个人杰地灵，出文人、出人才的好地方。它既是时任中共河源县委宣传部部长黄中强的家乡，又是黄中强祖父黄甲（晚清秀才）开坛讲学的场所，十分有利于粤东特委开展各项工作。

当年仲夏，中共粤东特委在文秀塘举办了各县县委书记训练班，参加学习的有20余人。特委的主要领导梁威林、钟俊贤、郑群、卓扬、魏麟基、张日和等亲自授课，学习的主要内容就是在国民党的统治区，如何正确贯彻执行中国共产党的"党的建设、武装斗争和统一战线"政策的三大法宝，迎接革命高潮的到来。实践证明，此次的县委书记训练班非常重要，使整个粤东地区的各项革命工作，都进入全新阶段。

为加强党对龙河紫五及连平、和平等六县的领导工作，广东省委在不久后将粤东特委一分为二，将东江下游的县区划为前东特委（即抗日前线），东江上游的县区划为后东特委。省委副书记尹林平兼任前东特委书记，并以省领导的身份指导后东特委工作。后东特委以梁威林任书记，郑群任副书记，指导后东六个县的革命工作。为更好地组织河源县的对敌斗争，后东特委于1941年2月，提拔黄中强任中共河源县委书记。

在特委驻地，年仅20岁的黄中强牵着卜一任书记蔡子培和组织部部长张华基的手，激动地说："谢谢子培同志和华基同志为我们打下这么扎实的基础。我一定不辜负组织和子培同志、华基同志的厚望，把河源各方面的工作做得更好。"

"中强同志，当初我可是看着你入党的，你从蓝溪区委书记、县委宣传部部长一路到现在河源县委书记，你的能力和水平我非常清

楚，绝对能胜任。但是你毕竟还很年轻，有时候做事难免急躁了些，以后有什么重大决定，都尽量跟老同志商量着来，这样才能小心驶得万年船。尤其是在最近这个关键时节，更是容不得半点马虎，切记、切记。"只见蔡子培握着黄中强的手，语重心长地说道。

"放心吧老领导，我晓得。"收到来自老领导的嘱咐，黄中强立刻严肃地向蔡子培敬了个礼，表示自己绝对不会掉以轻心。

看到黄中强把自己的话听进去了，蔡子培脸上闪过一丝欣慰，随后又握住对方的手，双目充满感情地说道："我来河源工作快两年了，对整个河源，特别是黄村地区的同志们有着很深厚的感情。我的爱人关绮清现在还在黄村的黄竹径那里负责抗日宣传工作，以后还得请中强同志多多关照、好好保护她的安全啊，拜托了。"

"子培同志，我会尽力保护好同志们的安全，放心吧。"听完蔡子培的嘱托，黄中强郑重地点了点头。随后，三位老战友依依惜别、互道珍重，便各奔工作岗位，蔡子培到龙川县上任，张华基则是到了前线惠东宝游击司令部任秘书。在这国难当头的时刻，每一位共产党员心中都充满了使命感，一刻都不敢停留，争分夺秒地为抗日大业无私地付出着。

黄中强上任后，首先处理的公务就是安置在河源地区，特别是黄村地区的非本地籍抗先队队员，将他们送到前东特委机关、部队，防止河源地区反动势力的迫害。在黄村乡工作的关绮清，因她是河源县委委员、妇女部部长，只好把她秘密安排在永新小学，以小学教师的身份进行掩护，同时让她尽量不要到黄村墟去，以免受张家超等反动势力的迫害。为了确保关绮清的安全，黄中强还委托其在永新村的宗亲，派了几位青年轮流把风、照顾。一旦发现永新村里出现任何风吹草动，就立即通知关绮清躲进深山藏匿。

面对张家超咄咄逼人的态势，为防止敌人的突然袭击，造成不必要的损失，黄中强上任第二天，就与时任县委统战部部长兼武装部部长的丘国章商定，立即以成立欧村、梅陇打猎队的名义，将欧村的张惠民、张潭、张迅、张林，梅陇的李作新、李奇、李作坚三兄弟（其堂兄弟三人是梅陇村坳头人，被黄村人民誉为李氏三杰，他们家在1940年1月至6月，曾作为中共河源县委机关驻地），永新村的黄平（黄中强弟弟），漆树村的程光、程佩舟，万禾村的丘启文等30余人，全部集合起来，拉到黄村乡一个叫三洞乌泥坑的深山中，按部队的建制、形式进行集中整训，为黄村地区乃至整个东江地区的武装斗争做准备。

黄村地少人多，为解决粮食不足问题，地处大山的黄村人一直以来都是靠山吃山，利用山上猎物较多等自然资源解决温饱问题。平时的深山里，黄村人经常三五成群，拿着粉枪、带上猎狗，进行打猎。这就为河源县委把黄村地区党员及先进青年集中起来进行武装培训，提供了很好的借口。

而地处大山深处的板仓、宁山两村的党员，黄占先、黄德安、黄志中、黄义中、黄佩书、李树、唐坚等人则就近隐蔽为打猎队筹集各方面物资。

打猎队伍到乌泥坑集结后，便向当地老乡租借了几间破旧房子，简单维修一下的同时，又在山边搭建了几间茅草房，总算把队伍内的队员都安顿了下来。为了防止敌人发现打猎队的真实意图，搞突然袭

击，包了打猎队的饺子，黄中强还在三洞村的村口高山上，放了固定的岗哨。站在岗哨上居高临下，能监视黄村墟及周边行人的情况，安全相对有了保障。

黄中强、丘国章将打猎队分成三个小队，第一小队为欧村打猎队，队长张惠民；第二小队为梅陇打猎队，队长李奇；第三小队为漆树打猎队，队长程佩舟。而队伍中最机灵的年轻人程光，则被丘国章一眼相中，带在身边做了自己的参谋。

打猎队是成立了，人员也逐步到位，但枪支却成了最大的问题。欧村打猎队，张惠民兄弟带来了一支步枪、三支粉枪；梅陇打猎队李奇带来了一支老套筒步枪、两支粉枪；漆树打猎队程光、程佩舟带来了两支步枪。再加上黄中强、丘国章的两支左轮手枪，便是打猎队的全部家底了，根本不足以武装30余人的队伍。

于是，在集训动员会上，黄中强、丘国章站在最前面面向队伍，黄中强对众人说道："现在形势非常危急，国民党反动派看来又要反共了。我收到消息，张家超等反动派最近动作频繁，相信他们已经做好捕杀我们共产党人的准备。如果我们各位还散落在各村各户，那就是一盘散沙，只会被他们逐个击破。相信大家都听过'一根筷子易折断，十根筷子抱成团'的道理。我们现在就是要把所有的力量凝聚起来、组织起来，变成30多根难以折断的筷子！我的话说完了，国章同志有没有什么补充？"

黄中强说完后，丘国章在旁边也做了补充说明来激励士气："同志们，我们的队伍对外，名义上是打猎队，但实际上是中共河源县委领导的黄村地区第一支抗日武装。虽然我们现在的武装力量还很薄弱，连武器都凑不齐，但我们的老大哥，东江前线打日本鬼子的曾生、王作尧的抗日游击队，刚开始时也同样只有少量步枪，全靠粉枪和大抬子粉枪，但也照样把武装到牙齿的小日本打得哇哇叫，在前线杀死了大量日本鬼子。现在曾生、王作尧的游击队，不仅人手一枪，甚至连机枪、小钢炮都有了，那都是从敌人手里抢夺过来的。我们要学习老大哥部队的精神，'没有枪没有炮，敌人给我们造'。只要我们敢于斗争、善于斗争，那么不久的将来，我们的队伍也会成为武器装备一流、善打硬仗的精锐队伍！"

听完黄中强和丘国章鼓舞人心的动员，程光立刻带头热情鼓掌，队员们也深受鼓舞，个个兴高采烈。别看他们现在着装不齐，有的穿长裤，有的穿短袖，有的腰别武装带，有的穿着破草鞋，但即便他们行头不好，却个个精神抖擞，略带稚嫩的脸上都露出了必胜的坚毅。

另外，县委领导对打猎队的集训做了明确分工。县委书记黄中强负责政治工作，武装部部长丘国章负责军事训练。每天清晨，只要竹梆子一响，队员们就立刻上到草坪里集中，进行队列及刺刀训练。枪支不够，每个队员就以木头制成的红缨枪作为替代品，来进行刺击动作的日常训练。为了队伍能够多能化，丘国章还精心挑选了10多位身强体壮的队员，组成大刀队，并亲任教员，教队员们耍大刀。在第一次训练大刀队时，丘国章边教授大刀的几种基本招式，边唱起了《大刀进行曲》，以此振奋士气。可当丘国章唱起这首歌时，却发现很多队员都已经会唱，并跟着旋律一起唱。丘国章耍完一遍大刀停下来后，便笑意吟吟地问道："看来大伙都会唱了啊。那么你们可知道这首歌的来历？"

丘国章的问话顿时把队员们都问住了，大家都略微尴尬地摇了摇头。看到队员们的表情，丘国章觉得很有必要向队员们普及一下大刀在战争中的作用。只见他热情地招呼队员们坐到自己身边，然后才娓娓道来："这是一个真实的故事。日本侵略者在九一八事变后，占领了我们整个东北三省。但这样还不能满足这些侵略者的狼子野心，他们还想占领我们的华北乃至全中国。1935年，日军几万人攻击国民革命军驻守的长城赤峰口第29路军。在全国人民抗日热情感召下，第29路军依托长城险要地形与日本侵略者展开了两个多月的殊死搏斗，双方都打得筋疲力尽。为了粉碎日寇的疯狂进攻，第29路军决定组织由300多人组成的敢死队，每个队员皆手拿大刀，不穿上衣、只穿短裤，在一个伸手不见五指的晚上，摸进日本人的军营里，凡是摸到身穿衣服的人就是一刀，战斗从凌晨一点开始，一直持续到凌晨四点才结束，整整战斗了三个多小时。是役，第29路军300多壮士安然撤出，而日军方面天亮才发现军营里有500多个鬼子尸首分家。这件事，真的大涨我们中国人的志气。为表彰第29路军的抗战精神，更为了激发我们中国人的抗日斗志，我国著名作曲家麦新谱写了这首《大刀进行曲》，想不到这首歌一经问世就像长了翅膀一样，一下子风靡全国。"

"丘部长，第29路军的兄弟用大刀一下杀了那么多鬼子兵，实在是太解气了。我一定会练好本领，将来也要用大刀向鬼子们的头上砍去！"张潭第一次听到大刀队的故事，激动地站了出来向丘国章保证道。听到张潭的回答，其他队员也纷纷站起身来向丘国章表态。

"同志们都是好样的，我相信你们以后在战斗中，会成为耍刀能手，砍鬼子脑袋犹如砍瓜切菜！来，我们继续练！"说罢，丘国章也站了起来，继续指导队员们练大刀。一时间，训练场上的吆喝声此起彼伏，恰似虎啸龙吟，威震山岗。

到了下午时分，便是打猎队训练射击科目的时间。队员们趴在田埂边上，用步枪、粉枪向前方100米的靶子进行瞄准动作练习。只见丘国章指导队员们如何三点一线瞄准靶心，待将全套动作要领向队员们详细解释后，紧接着他又亲自射击示范，子弹出膛直中靶心。他示范完毕后，队员们便一个个依次上前练习。每个人都专心听讲，练得有模有样，可惜为了节省弹药，他们每次放的都是空枪，难以知道训练成果。

"丘部长，能否让我们打一枪，过过瘾也好啊！"终究是年轻人，张潭对放空枪有点提不起劲。而且他曾被欧村村民誉为神枪手，所以更是想要在人前显显威风。

"不行，子弹太珍贵了！"丘国章也是老成之人，一眼就看穿了张潭的心思，当然不允许为了要威风而浪费弹药的行为。

"那我用粉枪试一下嘛，反正粉枪的药粉并不难做，我自己就会做。"张潭讨价还价道。

"用粉枪打靶倒是可以。不过粉枪打不远，要不我将靶子移前到30米的距离。这样我也能检验一下同志们的射击水平。"听到是用粉枪，丘国章终于松口答应了张潭的请求。

年轻人说干就干，不一会儿几名队员就在新位置将靶标重新立好。张潭作为倡议者，自然第一个举起装有火药和铁胆的粉枪进行射击，只看他稍一瞄准便朝着靶子扣动扳机。

　　"砰"的一声，靶子应声而倒，队员们拿过靶子一看，只看到铁胆正中靶心，还把一寸厚的木板打穿了个大窟窿。看来近距离下，粉枪的杀伤力还是挺大的。

　　看到张潭的射击功夫如此了得，队员们个个都竖起了大拇指。丘国章更是高兴，拍着张潭的肩膀夸赞道："张潭你小子可以啊！以后你就是我们游击队的神枪手了！"这话立马把张潭夸得有点不好意思地揉了揉鼻子。接下来，一个向张潭学习，争做神枪手的活动便开始了。

　　河源县委将黄村地区大部分先进青年集结到三洞村乌泥坑的丛林中，犹如集结了30多头猛虎，喊杀声仿佛虎啸一样，在黄村地区上空盘旋、回荡。这支队伍的大多数战士，在不久的将来都成了粤赣湘边纵队东二支队的战斗骨干。而张惠民、李奇、程佩舟、邹建四位队员更成长为东二支四团下属四个大队的大队长，为后东地区的解放做出了重大贡献。

孤胆英雄

正当藏在深山里的打猎队军训工作开展得如火如荼、有声有色之际，作为队伍领导人的黄中强、丘国章却为这支队伍的生存及发展状况陷入深深的焦虑之中。几十人的吃饭、穿衣、药品及枪支弹药等后勤问题，对这支年轻的部队来说，确实是一个大难题。

为了能尽快地解决这些问题，黄中强、丘国章专门抽调了几位交际能力较强、胆量比较大的队员，组成一个保障小组，由队里有名的机灵鬼程光负责到外面去筹集粮食及枪支弹药。因程光在黄村地区（包括叶潭、康禾两乡）人脉关系较好，加上板仓、宁山的黄占先、李树等人帮忙，粮食及其他副食品的筹集倒不成问题，勉强能够跟得上供应。

但枪支问题却不是光靠程光去拉关系就能解决的事情。30多人的队伍，总不能单凭着三五支步枪及10多支粉枪支撑以后残酷的武装斗争。

俗语有云：世上真是怕什么就来什么。就在打猎队集结训练一个

月后，张家超接到线报，说三洞村的乌泥坑有几十人在搞打猎训练。嗅觉灵敏的张家超很快就意识到是共产党人在那里练兵，于是急忙集结十几个警察、几十个乡丁全副武装杀向乌泥坑。

张家超的队伍刚一离开黄村墟，站在三洞高山上的岗哨就发挥作用了。打猎队的人远远就发现一群人从警察署冲出，然后朝着乌泥坑这个方向走来。于是其中一人就断然肯定是敌人，所以立马让另一名同伴用最快的速度赶到队部报告敌情，自己则依然守在原地继续观察敌人动向。

黄中强、丘国章接报后，立即开会分析敌情，并很快做出判断，认为敌强我弱，必须暂避敌人锋芒。同时，乌泥坑这个训练点已经暴露，不能再用，队伍要立即转移。不一会儿，几十人的打猎队就在黄中强和丘国章的带领下迅速集结完毕，并很快地消失在茫茫的林海中。

张家超带着他的队伍，在崎岖的山路走了近两个小时，好不容易才赶到三洞村乌泥坑。可惜他们到达这里时，已经是人去楼空，气得张家超牙根痒痒、一副恶鬼嘴脸地说道："这帮亚红伯（亚红伯，客家土话，对红军的蔑称），看你们能逃到哪里去？总有一天，我会捉住你们，到时，再剥你们的皮、抽你们的筋！"

两天后，游击队（从撤离三洞村开始，黄中强就宣布，打猎队改称抗日游击队）顺着七目嶂的大山脉，从南往东，再转到北面的永新文秀塘。在大山深处的文秀塘，顾名思义，是风景秀丽、林木参天、人杰地灵的好地方，这里也是黄中强的家乡。别看黄中强的祖先把家安在大山深处，但他家世代却是实打实的书香门第。黄中强的祖父叫黄甲，是黄村地区为数不多的晚清秀才之一。黄中强在他祖父的教育下，学到很多知识，所以他文采出众，口才也很好。在解放战争时期，响彻东江大地的《钢铁连之歌》《九连山上红旗飘》均是出自他手，故有"东江才子"之美称。

队伍开到文秀塘后，得到了黄中强母亲娟阿婆以及众乡亲的热情接待。经过两天两夜疲惫跋涉的队伍，此刻总算安顿了下来。

入夜，在寂静的大山中，躺在地铺上的程光翻来覆去、辗转难眠，不管怎样就是睡不着。因为他心里一直挂念着一件事，那就是游击队的武器问题。如果他们游击队的武器装备能够跟上，那么依托乌泥坑里的有利地形，他们完全可以对张家超的反动武装迎头痛击。可正因为缺枪少弹，才导致他们连照面都不敢打，连续赶了两天山路撤退到文秀塘。作为一名血气方刚的年轻人，程光怎么想都不是滋味，苦苦思索破敌之策。

程光想着想着，突然灵机一动、一拍大腿跳了起来，兴奋道："我想到了，就这样办！"

"什么怎样办啊？你大半夜不睡觉干什么，赶了两天路不累吗？"程光的一声大叫，顿时把与他同屋的张潭给惊醒，张潭抱怨地嘟囔道。

"张潭，我说我想到了搞枪的办法了，嘿，起来，别睡了，你听听看，看行不行得通。"程光见自己吵醒了张潭，却没有半点不好意思，反而把他从床上拉了起来，向他一五一十地说出了自己的计划。

"你的计划好是好，可是……好像很冒险啊。"听完程光的计划，张潭已经睡意全无，反而有点激动与亢奋。不过在兴奋过后，他

又略略地替自己的好战友担心起来。如果真的按照程光的计划行动，那实在是太冒险了，弄得不好便有性命之忧。

"不入虎穴，焉得虎子。舍不得孩子，就套不着狼。没有一点为党牺牲奉献的精神，怎么好意思当共产党员。而且，我那计划虽然凶险，但是只要前期功夫做足了，我相信一定能够化险为夷的！"说这些话时，程光的眼中透着一道光，让听他说话的张潭也备受感染。

"你说得对，饭都是大胆的人吃的，你要去，我陪你一块去！你知道的，我枪法很准的。"张潭被程光说服后，也不怕出事了，反而豪气顿生地想跟程光一块去。

可是，程光却没有同意，只见他拍着张潭的肩膀耐心说道："那倒不用，两个人去反而会增加风险。我跟你说这个，只是希望明天跟黄书记、丘部长两位领导商量时，你帮忙说两句。"

"好吧……"说了那么久，张潭才发现原来自己表错情。

第二天早上，程光一醒来就拉着张潭一起去找黄中强、丘国章，将他的想法向两位领导汇报。黄中强听完程光的计划，跟张潭一开始一样，觉得计划虽好，但程光的安危实在难以保障，一时间陷入沉思。

"中强同志，我认为程光的计划虽然冒险，但值得一试，我同意这个计划。"眼见黄中强久久不语、难以做出决定，丘国章便连忙表态支持程光的想法。

"是啊！我们共产党人，从来就不怕冒险牺牲的，我也支持程光同志的计划。"生怕丘国章的支持也没用，张潭活学活用地套了程光昨天跟自己说的话，在一旁帮忙劝说。

"好吧，既然大家都这么说，那我们就大胆地打一仗。但记住，我们游击队不打则已，一打就要旗开得胜，在黄村地区打出名堂来。"看到三人都用灼热的眼神看着自己，黄中强终于点头应下程光的请战。

翌日，当一切准备就绪后，丘国章就带着程光、张潭等10多位游击队队员出发。为了确保这次战斗能够取得胜利，游击队集中了所有的枪支弹药，黄中强也把自己的左轮手枪，临时借给程光使用。

"祝同志们马到功成并且凯旋。程光，接下来就看你的发挥了！"

"黄书记你放心，保证完成任务！"说罢，程光对着黄中强行了个军礼。

黄中强与出发的队员一一握手，最后又拉着丘国章的手，千叮咛万嘱咐道："国章同志，这是我们建立队伍后的首战，一定要大胆、沉着、冷静，打响第一枪！"

留在营地里的队员们也自动排成两列，与执行任务的战友们依依惜别，眼神中既有羡慕，又有担忧。

两个多小时后，叶潭乡公所内，乡长黄茹吉忽然听说有人报告自己乡内出现了共产党的消息。原本正在喝茶逍遥的他，立马一激灵地从太师椅上蹦了起来，急忙问道："此消息当真？"

黄茹吉的手下连忙点了点头，态度诚恳地说道："是真的吉爷，这个消息是黄老六家的小子偷听到的。他说他一听到那些人在宣传'亚红伯'那些东西后，就立马过来通风报信了。"

"黄老六家的小子？那孩子只有10来岁啊，他怎么知道这些东西？不行，等我亲自过去问问他，他现在在哪里？"沉吟片刻，黄

茹吉觉得还是得跟当事人确认一下情况为好，免得收到假消息后白跑一趟。

"他刚才在一楼，现在应该还没走。"手下闻言，立马点头哈腰地跟在黄茹吉身后，直奔乡公所一楼。

来到一楼，黄茹吉见到了黄老六家的小子，确实是自己村里的小孩，自己跟他父亲黄老六还算有点交情，也算是看着对方长大的。于是乎，黄茹吉不疑有他，直接开口问道："蛀米虫，你不在田里劳作，又自己偷跑出来瞎闹了，你不怕我回去跟你老头说吗？"

被叫"蛀米虫"的黄家小子嘿嘿一笑，嬉皮笑脸地凑上前说道："哎呀吉伯，你看我好心好意过来给你通风报信，你就这样对待你老侄的吗？我怎么说，也算是给你立了大功吧？"

"那你倒是说说看，给我立了什么功啊？"黄茹吉瞥了蛀米虫一眼，随后就坐在椅子上，接过手下奉上的热茶，用杯盖刮着茶面、吹着热气。

"我不是跟你手下这位大哥说了吗？我看到'亚红伯'在文径村出现，就立马赶来这里向你们报告了。这还不算立大功？"蛀米虫挨到黄茹吉身边，一边说着，一边还跟黄茹吉的手下讨了杯茶喝。

黄茹吉听罢，眼珠转了几转，随后眼神不善地盯着蛀米虫，身上发出一股独属于恶徒的狠戾之气。"小小年纪，你怎么知道什么是'亚红伯'？我凭什么相信你个小屁孩的话？我跟你说，这种玩笑可开不得，如果你给假情报的话，即便你是黄老六家的孩子，我也没有情面可讲。"

"哎呀吉伯，老侄怎么敢欺骗你，你可是我们整个叶潭乡最有权力的人，欺骗你的话那就是茅坑里点灯——找死啊。我之所以知道'亚红伯'，是之前听我老头说过'亚红伯'的事，我能确定那个人是'亚红伯'，是因为对方给了我这个。"说罢，蛀米虫就从裤兜里掏出一张纸，纸上面赫然写着《大刀进行曲》的歌词。

看到这张歌词，黄茹吉眼睛不由得眯了眯，然后抿了口茶，态度和善了很多，向蛀米虫问道："原来是这样，那倒是我这个当伯伯的错怪老侄了。对了，你见到的那些'亚红伯'有多少人啊？在什么时候遇到他们的？他们身上有没有武器？"

"就一个人。我是半个时辰前看到他的。不过有没有武器我就不知道了。啊！对了，我看到他的腰上鼓鼓的，可能藏有武器？"蛀米虫歪头想了想，然后不是很确定地跟黄茹吉说道。

听完蛀米虫的话后，黄茹吉就让其中一名手下好好招待蛀米虫，其他人都跟他一起带齐武器，直奔文径村。

来到文径村蛀米虫所说的那栋空屋前，他们停下了脚步。这栋空屋，以前的主人是个单身寡佬，后来这个主人参军抗日去了，一直没回来。黄茹吉也知道这个情况，所以听了蛀米虫的情报，就带着十几名乡丁全副武装地把这空屋包围住。

就在他们把空屋包围没多久，便听到屋内传来响动。于是黄茹吉立马大叫道："屋里有人，肯定是'亚红伯'，我们别放走他！"

听到黄茹吉的命令，所有人都端起枪支，冲向空屋。可是当他们踹开房门后，却发现里面空无一人。只见黄茹吉四处瞄了瞄，就大声说："都给我仔细找找，每一个角落都不要放过，就算把整栋屋子翻过来，我都要把他抓住！"

正当他们大肆翻找屋内各个角落的时候，他们身后的污水池（以前黄村地区家家户户都有，是家里洗澡、洗菜等用过的水，通过特殊管道汇集，专门用作田里施肥、浇菜的基础设施）里突然蹦出来一个人影。人影跳出污水池后，就飞快地跑向不远处的小河里。

由于河床与地面有将近两米的落差，所以待黄茹吉等人反应过来，他手下乡丁在后面拼命放枪，却也未打中前面的人影，反而眼看着人影一阵疾跑，就冲过窄小且浅浅的河道，消失在对面山上了。

煮熟的鸭子就这样跑了？黄茹吉怎么能甘心，于是他下令所有人下河追击，冲到对面山上去，他就不信自己这边这么多人且个个拿着武器，都能让人给跑掉。

等七名乡丁及小队长冲到对面山上后，也不管湿漉漉的裤子，就一心想要抓住前面快要钻进山边林子里的身影。"快上，谁最先抓住他，今晚我请他喝酒吃肉！"小队长话音刚落，躲在乡丁侧面树林里的丘国章就大声喊道："打！"

一声枪响过后，黄茹吉手下的小队长脑袋被一颗铁弹开了个大窟窿，倒在地上。这一枪，正是游击队的神枪手张潭的功劳。随着张潭粉枪枪声响起，游击队的其他人也纷纷开枪射击，一时间手枪声、步枪声、粉枪声大作，那七名乡丁及小队长便成了枪下亡魂。

这里面，丘国章干掉了一个敌人，张潭一个人收拾了两个敌人，诱敌深入的孤胆英雄程光也回身用黄中强给他的左轮手枪射倒了一个敌人。其余敌人则是其他游击队队员乱枪打死的。

在河对岸的黄茹吉见势不妙，也不吵着要捉拿"亚红伯"了，他连河都不敢过，就带着剩下的乡丁撒腿逃跑，直往自己叶潭的大本营跑去。

其实，这确实是程光的计谋，从蛙米虫去给黄茹吉通风报信的那一刻，黄茹吉就落到了这个局里面。昨天，程光和黄中强、丘国章商议过后，就特意来到文径村踩点。当他看到那处空屋符合自己的计划后，就开始寻找通风报信的帮手。

恰在此时，他又听到了在田间玩耍的蛙米虫在唱着《大刀进行曲》这首歌，便上前与蛙米虫细聊了一番。聊过后，他发现蛙米虫心里非常痛恨黄茹吉，黄茹吉一直以来在他们村里欺行霸市，他们家也是黄茹吉霸道统治下的受害者。于是，程光就让蛙米虫帮忙去通风报信，引诱黄茹吉带队前来，自己则躲在污水池里随时留意敌人的动向，并用一个套着草绳的铁罐子作为引子（草绳通过污水管道连通屋里和污水池）。当程光听到屋外传来大队人马的动静后，便一拉草绳，制造屋内响动，把敌人全都引到屋子里去。

此次战役，是成立游击队之后的首次胜利，意义非凡，也正是有了黄中强的果断决策、丘国章的现场指挥、程光的智慧和胆略、张潭的英勇善战才取得的。是役，游击队共缴获1支驳壳枪、7支步枪以及几百发子弹，大获全胜，从而缓解了游击队无枪可用、弹药稀缺的尴尬处境。

岭南红嫂

　　1938年10月12日，四万日军登陆大亚湾，华南战事开始，10月21日，广州失陷，东江下游及广州周边大片的国土相继沦陷。国民党广东省政府迁至韶关，韶关成为战时省会。中共广东省委（粤北省委）也迁至韶关，先后辗转市区、南雄瑶坑村、始兴红围、五里亭等地秘密办公。1942年5月，国民党顽固派制造了震惊全国的"粤北省委事件"，使整个广东省党组织蒙受重大损失。

　　为了避免广东省中共党员的更大损失，时任中共中央南方局书记周恩来，代表中共中央对广东省党员发出了"隐蔽精干，长期埋伏，积蓄力量，以待时机"的指示，从此，整个广东省中共党员全部转入地下斗争。

　　1942年冬月，粤东的山村，山寒水冷。在黄村乡从万禾村通往板仓村的山路上，一名约35岁的中年人正急忙赶路，他正是时任中共河源县委委员、统战部兼武装部部长丘国章，他是受县委指派，到板仓村党支部传达中共南方局指示的。同时，他已接到东江特委通知，近期要到香港新界学习班进行游击干部培训。

这几年在黄村地区，丘国章培养了一批批优秀青年，源源不断地向前东特委及广东人民抗日总队输送战斗骨干。他的忠诚勇敢和聪明才智给时任东江特委书记兼广东人民抗日总队政治委员尹林平留下了深刻印象。将他调入广东人民抗日总队，一方面是让他在正规部队提高军事素养，另一方面是他的身份已经暴露，组织上有意识地把他调入广东人民抗日总队保护起来。此前，他已接到东江特委通知，等完成传达任务以及新界学习班培训后，就去广东人民抗日总队报到。终于有机会上前线打日本鬼子了，他一连几天兴奋得睡不着觉。

板仓村是黄村乡一个偏远山村，三面环山，能溪河静静绕村而过。夕阳西下，只见丘国章提了提身后的斗笠，他心里想，无论怎样，争取天黑前赶到板仓村，晚上就可以和村里的支部党员开会，传达南方局周恩来书记的指示精神，地下组织暂时停止活动，保存实力，以待革命高潮的到来。丘国章想，自己近期就要离开黄村地区一段时间，到香港新界去学习，必须早日完成南方局下达的任务，今晚完成板仓村支部传达任务后，明天再到就近的永新、宁山支部去传达。

快到板仓村时，丘国章不由得加快了步伐。突然，村口的树林里鸟惊兽骇，丘国章急忙往前一看，发现几百米处，有一个贼眉鼠眼之人在探头探脑张望。那个人一看到丘国章撒腿就向板仓村里跑。看着狂奔而去的人，他暗中叫声不好，碰到国民党的探子了！他下意识地回头一看，心直往下沉，后面半里之外还有国民党黄村乡民团团总兼伪警察署巡官张家超，带着40多名伪警察及团丁，悄悄地向他扑来。

当张家超看到丘国章转身发现他们时，知道不能到板仓村密捕

了，马上与身边的黄村乡伪乡长张其勋、伪自卫队大队长程兰亭说：
"丘国章已发现我们，这次不能再让他跑了，否则黄村地区永无宁
日。"于是，张家超等三名匪首一边放枪，一边大喊"活捉'亚红
伯'丘国章"。枪声、叫喊声、犬吠声打破夕阳下小山村的宁静，一
时鸡飞狗跳，整个板仓村立即笼罩在阴森森的白色恐怖中。

丘国章来不及多想，拔腿向下游叶潭乡跑去。他的身体素质很
好，尤其善跑，知道伪警、团丁这帮酒囊饭袋一时半会儿追不上他，
为了不连累板仓村的乡亲们，他准备待风声过后，再回板仓村。可当
丘国章跑到离叶潭地界很近的村口，眼看就要龙归大海、虎归山林
时，突然，叶潭方向的村口，又传来十几声枪响，丘国章目眺前方，
发现叶潭乡村口有十几个团丁在把守，也往自己这个方向扑来。丘国
章抬手两枪，吓得叶潭方向的团丁立刻找掩体，等待黄村方向来的张
家超围捕。

叶潭这条路已不能再走，丘国章只能立刻往大山方向跑去。可是
跑到一半，他就眼尖地发现板仓村后山方向也已被张家超提前派人堵
死。原来，在丘国章往叶潭奔去的同时，张家超为了堵截丘国章的退
路，已经派了十几名团丁往板仓村后山方向布防，彻底堵死丘国章往
山上藏匿的退路。

现在对丘国章来说，真的是前有堵截，后有追兵，上天无路，入
地无门。

陷入困境的丘国章，只得向就近的村子跑去。他边跑边观察，很
快就确定了地势最高的那栋瓦房，立即猫着身子，左藏右躲，借着暮
色的掩护，闪了过去。

这个叫上围的自然村，有五十几户人家，几十栋房屋高低错落在山脚下，四周都是稻田，眼下正是寒冬腊月时节，稻田一片光秃秃的。张家超见丘国章进了村子，并不急着进村搜查，而是在村子四周出口燃起篝火，架起机枪，把村子层层包围起来。真是造化弄人，骁勇善战的丘国章在这个名字叫"上围"的村子给人围住了！

翻进瓦房围墙后，一条黄狗咆哮着扑了过来，幸好黄狗被绳拴着，但丘国章还是被吓了一跳。他站定身子，等待主人出现。一声清脆的低喝，黄狗呜咽着缩了回去，一位清秀端庄的年轻妇女出现在门口，她望了一眼院中的男人，"啊"的一声怔住了。

此妇女名叫陈亚长，是这栋房子主人的大儿媳，祖籍龙川鹤市镇，18岁就嫁到板仓村夫家。嫁到夫家后，陈亚长把"家头教尾""田头地尾""灶头锅尾"和"针头线尾"这四项妇工都做得让人赞不绝口，是典型的客家女性，以勤劳、俭朴、坚韧不拔的性格受到村里老小的普遍称赞。最可贵的是，她有大爱之心，每逢乞丐到她家行乞，她都会尽量施舍。只是近三年恰逢大旱，陈亚长只能尽己所能，帮助照顾村里孤寡老人。

那天傍晚，陈亚长正烧水准备冲凉，听到村里枪声大作，知道将有大事发生，但具体发生什么人事却并不了解。突然院子里老黄狗狂吠起来，她便见一个中年人跑进她家大院，定睛一看，这不是黄竹径大榕树下搞抗日宣传活动的丘国章先生吗？几年前，她赴墟的时候，曾在大榕树下听过丘国章、关绮清等人的抗日宣传，那次丘国章剪钟亚狗辫子时她恰巧也在场，对丘国章印象非常深刻。后来她听说丘国章是共产党员，是黄村地区人人崇拜的抗日大英雄。

　　"你不是大榕树下的丘国章先生吗？你怎么会来到我家，是有什么事需要帮忙吗？"陈亚长温柔地问道。

　　"大嫂，张家超带人抓我。"丘国章一听陈亚长提到大榕树，就猜到对方应该是曾经在那里听过自己宣传抗日的群众。

　　经丘国章这么一说，村里的激烈枪声是怎么回事，陈亚长便什么都清楚了。

　　"丘先生，我们先到屋里再说。"听到事情紧急，陈亚长立即请丘国章到屋内去。进到屋内后，陈亚长就马上跟自己的家公黄相南、家婆何庚说了张家超要抓丘国章之事，并说了一番自己的见解："爸妈，丘国章先生是共产党员，外面的枪声就是张家超带人来抓丘先生的。我觉得共产党员都是些打日本鬼子的英雄，而且将来是我们穷苦农民翻身解放的救星。所以，我们要想办法救救他。"

　　黄相南其实也是恨透了国民党的腐败政府，更恨透了张家超在黄村地区鱼肉人民、作威作福的统治。但是，万一没藏住，全家那么多人该怎么办？像张家超那样的恶魔，绝对不会手下留情，只要发现他们家跟共产党哪怕有一丁点的联系，全家人的性命都难保。

　　就在黄相南犹豫的同时，丘国章也在打量着屋内是否有足以藏身的地方。当他眼角余光扫视完整个屋子后，却发现这屋子虽然不小，但也藏不住自己这个昂藏七尺的大男人。于是，为了不连累这一家无辜之人，他就对陈亚长一家说道："你们的好意我心领了，可是我不能连累你们，万一被张家超发现我在你们家，你们家付出的代价就太大了。"说罢，他提起手枪，准备冲出门去与敌人拼个你死我活。

　　当丘国章的脚即将迈出大门时，黄相南和陈亚长两人同时想到自己家大门外有一片空旷的地方，丘国章一走出他们家大门，马上就会成为伪警、团丁的活靶子，九死一生。经过激烈的思想斗争后，黄相南终于下定决心，自己一家一定要保护好丘国章先生。

"丘先生，危险，快回来！"黄相南主意一定，就立马叫住了丘国章，同时急忙对儿媳妇说："亚长，你平时主意比较多，快想办法救丘先生。"

在黄相南说之前，陈亚长就已经绞尽脑汁在想可以救出丘国章的办法了。可是正如丘国章之前所想，这屋了既没地窖，又没暗室，想要藏下丘国章这么一个大活人，确实让人为难。而且现在时间紧迫，张家超带着团丁随时可能到来，也没有时间让人慢慢思考。

就在陈亚长苦思冥想的时候，她8岁的大女儿正好洗完身提着木桶从冲凉房出来。看到这一幕，聪明的陈亚长立刻灵机一动，计上心头，想到了黄村当地男人不能见不相关成年女性胴体的风俗。她把公婆叫到一边，红着脸小声说出了自己的办法。只见黄相南神情凝重地点了点头，说："好，就这么办！"

随后，黄相南走到丘国章跟前，把陈亚长的打算告诉了他。丘国章一听，断然拒绝："千万使不得！"说完掉头就往外走。黄相南紧紧抓住丘国章的手，不由分说地将极不情愿的丘国章往冲凉房里推："听阿叔的，别争了。"把丘国章推进冲凉房后，黄相南又叫齐家人，脸色铁青地对他们说："打死都不能说出家里来了人。"

接着，陈亚长吩咐8岁的大女儿到院子里把风，等看到有带枪的外人来时，就立即打拴在院子里的老黄狗示警。与此同时，陈亚长飞快地跑进厨房，舀了满满一桶热水，掩好冲凉房约1.4米高的房门，

静等女儿的信号。

此时，张家超手下的伪警、团丁前后会合，张家超、张其勋更是扬言，挨家挨户搜，掘地三尺，也要抓住丘国章，并表示抓住后，无须审问，就地正法。

突然，大门口传来陈亚长女儿打狗的信号，陈亚长马上坐在冲凉房的小凳子上，脱下全身衣服，做好冲凉的准备。

说时迟，那时快，张家超带着10多个团丁和伪警察，端着上了膛的枪，举着火把，气势汹汹地冲进陈亚长的院子。张家超大声下令："对蔗箕堆（一种黄村地区专门用来烧火的植物）、禾秆堆、牛栏、猪棚、屎缸（厕所），凡是能藏人的地方，统统给我搜一遍。"

这些团丁和伪警接到命令，就凶神恶煞地用手中的刺刀对张家超所提及的地方一顿乱刺，确保这些地方没有藏人，他们的凶残本质可见一斑。

搜完院子，张家超等人进到里屋，恶狠狠地对着陈亚长的家公黄相南说道："有没有外人来过你家？如果你们敢窝藏赤匪，信不信我毙你全家？"

面对质问，黄相南一副诚惶诚恐的样子，拱手说道："没有啊长官，我们小老百姓哪敢窝藏什么赤匪，你借我两个胆子我也不敢啊。"

张家超仔细观察了一下黄相南的表情，虽然对方说得情真意切，可他还是心存疑虑，于是他来了个突袭，猝不及防地对着陈亚长的小姑子，一个豆蔻年华、面色菜黄的少女问道："小姑娘，你有没有见到外人来你家啊？"

说这话时，张家超尽量让自己显得和蔼可亲，想要套小姑娘的话。可是他得到的回应依旧是："阿叔，我们家真的没进外人，不信你自己可以随便找找看。"

张家超转眼又盯住了陈亚长的大女儿，诈她："我刚才听到你家的狗在叫，一定是有陌生人进来了，快说！藏在哪里？"

"那是被枪声吓的，全村的狗都在狂叫哩！"

张家超被噎得直翻白眼，马上命令对屋里的所有角落仔细搜查。在张家超的命令下，几名团丁分别进屋里的各个房间去翻找，其中一名团丁发现冲凉房内有水声，便大声喝问："谁在里面，出来！"发现动静，张家超一双鹰眼就死死地盯住冲凉房，在他眼神示意下，几支枪立即对准了冲凉房。

在冲凉房的陈亚长，一开始慢慢用热水擦着身子。当听到团丁的喝问后，便加快撩水，让水蒸气迅速弥漫整个冲凉房。同时，假装惊慌失措地大呼道："长官，别进来啊，我正在洗身。"

在热气腾腾的冲凉房里，丘国章蹲着身子低着头，恨不得地上能裂开一条缝钻进去，面对陈亚长全裸的身体，手里紧紧握着张开机头的驳壳枪，闭着眼睛，任泪水无声落下，心里在滴血：多好的人民啊！他们是用女人的贞洁名誉，以全家近十口人的安危为代价来保护他——一个共产党员的生命安全！这次如果能脱险，他以后一定要报答人民对自己的救命之恩。万一被敌人发现，就立刻挺身而出，保护他们一家，用自己的身躯挡住那罪恶的子弹。

"站起来让我看看你是不是真的在洗身，不站起来就把你当'亚红伯'处理。"张家超拿着竹柴火往冲凉房照了照，并大声喝问道。他怀疑里面不是女人冲凉那么简单，于是才如此剑拔弩张。在客家人

的传统里，女人的贞洁清白比一个人的生命还重要。如果陈亚长真的在洗澡，那丘国章就不可能藏在这里。

听到张家超的话，陈亚长拿毛巾捂着赤裸的胴体，战战兢兢地站了起来，一副受到了惊吓的样子。

"可以了，你洗你的身吧，真晦气。"张家超看到陈亚长确实光着身子，就瞬间断定丘国章不可能藏在这栋屋子里，哪有人会冒着全家近十口人被杀、清白被玷污的风险救人的？反正张家超自问做不到，而且好面子的他也知道黄村当地男人不能看不相关女人胴体的风俗，否则一辈子倒大霉。所以他带着队伍骂骂咧咧地退出陈亚长的屋子，一路走还一路说着"晦气"，然后到村里其他房屋去搜查了。

当张家超领着伪警、团丁退出屋子后，全身湿透的丘国章与陈亚长一同从冲凉房走出来，陈亚长顺手将挂在房门上的衣服拿起，立刻回房间，很快换好衣服出来，三个惊魂未定的孩子立即跑过来抱住她号啕大哭。回想起刚才的情景，陈亚长软坐在地上，心想：好险啊！如果当时孩子们露出破绽，被张家超搜出丘国章，全家人还有活的？这时，家婆何庚和两个小姑也走了进来，何庚抱着陈亚长说："孩子，委屈你了！"

看到全身湿透的丘国章，黄相南老人找到他儿子的一套干净衣服，递给丘国章，说："夜里天气很凉，这是我儿子的衣服，快换上，别着凉。"当丘国章把湿衣服换下后，陈亚长就把丘国章的衣服拿到厨房烧柴烘干。

换好衣服，丘国章躲在院墙后，通过墙壁缝隙看着伪警、团丁举着火把挨家挨户地搜查，直到几小时后，村口的篝火才熄灭，一条火龙向村外蜿蜒，张家超等人一无所获，垂头丧气地走了。村里已经平静下来，黄相南不放心，叫自己的大女儿到村里打听消息，最后确认张家超等反动武装确实撤离了板仓村才回来报信。

在等待的几个小时里，黄相南老人见丘国章奔波了大半天，估计他肯定饿了，便吩咐陈亚长到厨房里拿来两碗稀饭、两条红薯、两个芋头，权当晚餐。

陈亚长拿出来的时候还不好意思地说："家中就只有这些食物了，实在不好意思。"

丘国章说："在如此困难的时期，稀饭就是人间最好的食物了，被我吃了两碗粥，你们家里人就少吃两碗粥，物以稀为贵，不好意思的是我才对。"

临别之前，丘国章已换回自己的衣服，拉着相南老人的手说："大叔，我十分感谢您全家义薄云天的壮举，没有您全家人的拼死相救，今天我丘国章的命就丢在板仓村了。你们家的大恩大德，我永世难忘，革命成功之日，只要我还活着，保证报答你们。我还有重要的事，要连夜离开，告辞。"丘国章边说边往屋外走去。

丘国章走出屋子后，又转身朝着黄相南、陈亚长及屋子里所有的人，深深地鞠了一躬，然后带着沉重的心情，消失在沉沉的夜幕中。

无独有偶，北有沂蒙红嫂喂食乳汁救小八路，南有黄村红嫂洗身惑敌救老党员。

像这样的故事，自中国共产党建党以来比比皆是，每一个都充满了人性的光辉与革命的鲜红。

从鸦片战争以来，那贫穷、不起眼的中国到现在繁荣强盛的中

国，这都是共产党为我们打拼换来的，也是一个个红嫂式的人物带给我们的。

让我们永远记住"没有共产党，就没有新中国"，为下一个百年不忘初心，牢记使命，再次出发。

为国捐躯

冬月午后，太阳懒洋洋地照在东江河上。随着一声汽笛响起，从上游老隆驶来的小火轮徐徐地停靠在蓝口码头。

船上稀稀拉拉走下几个人，丘国章头戴毡帽，穿着长衫，背着褡裢从码头边的小食店走出来，跟着人群朝船上走去。登船验票时，年轻的船员眼睛一亮，张开口想说什么，可什么也没说出来，他若无其事吹了一声口哨，驾驶舱窗口有人探出头看了一下，又缩了回去。

丘国章走进船舱，正要寻找座位，一个船员走到他跟前，压低声音说："这位先生，后舱有位，跟我来。"丘国章愣了愣，跟着他径直走到船员休息舱，船员把门关上，行了一个洪门觐见礼："大哥，你去哪里？"

这船员原来是"三点会"成员，在船上当大副，见到黄村"三点会"的"大哥"丘国章上船，赶紧过来招呼。

"三点会"又名"洪门会"，始创于清朝年间，因洪字是三点水偏旁，故称"三点会"。黄村地区的"三点会"组织分布广，参加人

员众多，且大多数会众都是农民。党组织认为该组织是可以争取的革命对象，因此，决定派出部分党员和抗日先锋队的队员加入该组织，一来可以掩护身份，二来有利于做该组织人员的工作。1940年冬，丘国章、黄义中、张迅等人遵照党组织的指示，通过履行该组织严密的手续和严格的入会仪式，成了该组织的成员。丘国章是黄村地区众所周知的头面人物，"三点会"组织对他很看重，"三点会"上一级组织的"大哥"宣布丘国章为黄村"三点会"的"大哥"，黄义中为"白扇"，张迅为"铁板"。之后，党组织又陆续安排一批地下组织员和抗日先锋队员进入该组织。丘国章利用自己在会中的地位和威信，宣传我党的抗日救国的方针政策，抓住机会，因势利导，对"三点会"进行争取、教育和改造，使"三点会"成了我党掌握的一支不可忽视的重要力量。

"去惠州。"丘国章淡淡地回答，接着又问："你认得我？"

"认得，认得！你吓跑国民党书记长那回，我就在船上！"大副笑着说。

丘国章也咧嘴笑了。

三年前，也是在这条船上，当时的国民党河源县党部书记长坐在客舱里，不屑地对他的随从说："我就不相信丘国章有那么了不起。我这回去黄村，就是想去看看这个丘国章，是不是长了三头六臂？"原来他对众所周知的丘国章很不服气，想专程去黄村会一会大名鼎鼎的丘国章。

书记长这话说完没多久，船在黄田码头靠岸，上来几个农民，当中有人认得丘国章，欣喜地招呼："丘国章！"

丘国章应声而起。他就坐在那位书记长的旁边，书记长吹牛的话他是一个字也没漏掉。

书记长一看应声的丘国章精明强干，眼神犀利，立刻吓得面如土色，慌忙夺路而逃，跑下了船去。这事一度成了当地的笑谈。

"最近风声偏紧，外面人多眼杂，你就不要出去了。"大副知道丘国章的身份，特意提醒他。

汽笛长鸣，小火轮离开了蓝口码头，向下游驶去。丘国章躺在窄小的床上，望着两岸退去的青山和村庄，心底泛起一丝丝惆怅。

他想起了江尚尧同志。

几天前，他到板仓小学与中共河源县委特派员江尚尧告别，江尚尧对丘国章说："国章同志，这次特委调你去广东人民抗日游击总队和参加县委干部训练班培训，是对你这些年来工作的肯定，也是组织对你的保护，你千万不能辜负特委的期望，珍惜机会，学好本领，回来领导河源的革命斗争。"

"我会的，特派员！以后你可要注意安全啊！"丘国章知道江尚尧将要离开黄村，转移到别的地方隐蔽埋伏了。

"革命总会有低潮的时候，我们要坚定信念，冬天到了，春天还会远吗？"江尚尧满怀信心地说。

现在，江特派员他们都怎么样了呢？

他又想起了家。

前天晚上七点，丘国章回到了万禾小坑围家中。此时，宁静的山村一片漆黑，张二招母子俩正在吃晚饭，家里的大白狗突然"嗷"的一声冲了出去，张二招一惊，正想起身察看究竟，丘国章已站在门

口，笑嘻嘻地望着他们母子俩，八岁的儿子坤源把饭碗一放，高兴地喊声"爸！"便扑过去抱住了他。看到丈夫回来，张二招又惊又喜，她稳定一下情绪，叫儿子给爸爸倒水，自己出去关了大门，然后到厨房生火做饭。

晚上，张二招高兴地告诉丈夫她又怀了孩子，已三个月了，丘国章听了先是狂喜，转而担忧，沉吟半晌，没有作声。张二招发现老公的变化，小声地问道："怎么了？你好像不开心？"丘国章叹了一口气，把自己调入广东人民抗日游击总队，要上前线打鬼子的事告诉了她。张二招听了，故作轻描淡写地说："哎呀，我当什么事哩，你尽管去，家里的事用不着你担心，我做得过来！"

"可就辛苦你了！"丘国章歉疚地说。

"没事，这些年你又有几天在家的？我们还不是照样都过来了？"张二招安慰老公说。对她来说，再苦再累她不怕，但丈夫的安危却让她牵肠挂肚！

第二天上午，丘国章叫儿子去把堂弟丘启文找来，丘启文是地下组织员，在万禾村开了间诊所以行医掩护，负责收集传递情报。丘国章告诉丘启文他明天就要去宝安广东人民抗日游击总队报到，要离开黄村一段时间，要丘启文关照一下他家。"哥，你放心，我会照顾好嫂子他们的！"丘启文郑重地点头。

为了安全起见，丘国章决定晚上出发去蓝口搭船到惠州。临走前，他到房间看熟睡的儿子，心中歉疚：儿啊，你从小跟着妈妈，没过几天好日子，爸爸对不起你啊！然后拥别妻子："家就交给你了，带好孩子，遇事找启文弟商量。"在门口他抬头望着黑蒙蒙的天空，沉声说："黑夜终会过去，天总会亮的，你就耐心等待吧！"

"嗯！"张二招用力地点着头。直到丘国章矫健的身影消失在夜幕中，她才忍不住流下泪来。

他还想起了陈亚长。她的大恩大德自己恐怕一辈子也报答不了，唯愿我们打下了江山以后，永远不要忘了人民！

晚上八点，小火轮到达惠州，丘国章谢过大副等船员，找到当地交通站。经过几天辗转，到达了广东人民抗日游击总队驻地。

丘国章在司令部秘书科找到科长张华基，老战友相见激动万分，紧紧地拥抱在一起。随后张华基带他来到尹林平政委的办公室："林政委（在抗日期间，尹林平对外一直叫林平），河源丘国章来了。"

尹林平从办公桌后站起身，走过来与丘国章握手："国章同志，一路辛苦了！"拉着丘国章一起坐在长椅上。尹林平听取了河源地区情况汇报后对丘国章说："感谢国章同志这些年来为部队输送了很多合格的战士。由于和广东境内国民党顽固派的'摩擦'不断升级，形势比较严峻，特委决定将一些身份暴露的同志调入广东人民抗日游击总队实行保护，同时提高他们的军事素质，为今后的革命斗争培养人才。12月南临委在香港九龙举办县委干部训练班，你先去参加学习，提高素养，你可要把握住这次难得的机会啊！"

"我一定好好学习，不辜负首长的期望！"丘国章大声地说。

尹林平政委吩咐张华基带丘国章去有关部门报到。丘国章被安排在广东人民抗日游击总队港九大队政训室工作。张华基告诉他："政训部门负责部队的培训工作，承办各种训练班。安排你去政训室，可以一边工作，一边学习。此外，政训室直接作战任务不多，相对安全，

这也体现了林平政委对你的保护。"

第二天，丘国章来到位于新界沙头角老隆田晏台山的港九大队政训室，与他一起报到的还有彭泰农同志，曾任中共惠（州）博（罗）中心县委书记。

广东人民抗日游击总队港九大队于 1942 年 3 月成立，根据港九地区的特点，分别组建了短枪队、长枪队和海上队。政训室主任黄高阳是广东省台山市白沙人，25 岁，出身于华侨家庭，1937 年秋赴延安抗日军政大学学习，同年加入中国共产党。1941 年 12 月香港沦陷后，奉命率武工组进入新界、元朗等地开展抗日游击战争，港九大队成立后，出任政训室主任，与港九大队大队长蔡国梁、政治委员陈达明一起，指挥港九大队在港九敌后开展艰苦的抗日游击战争。他对丘国章、彭泰农等人非常尊重，爱护有加。

晏台山地处高山密林，人迹罕至。南临委香港九龙县委干部训练班就在这里举行。丘国章与彭泰农同一个小组，彭泰农任组长，他曾是后东特委宣传干事，在学习中给了丘国章很多帮助。广东人民抗日游击总队政委尹林平、司令员曾生、副司令员兼参谋长王作尧等亲自到班授课，训练班除学习毛主席的《整顿党的作风》《改造我们的学习》《论持久战》《抗日游击战争的战略问题》等文献外，还系统地学习军事基础知识和抗日游击战争的战略战术，丘国章在这里收获颇丰，受益匪浅。

1943 年 2 月中旬，训练班结束。丘国章和彭泰农等人留在政训室工作。

丘国章与政训室宣传干事陈冠时成了好朋友，经常向这个小他

17岁的老师请教问题。他从陈冠时那里借来《抗日游击战争的战略问题》，爱不释手，一有空就拿出来看。

丘国章酷爱读书，是早期黄村地区读书会的会员，是通过阅读大量进步书籍走上革命道路的。

在河源市革命历史、革命烈士纪念馆里，有一本页角平整、保存完好的竖排繁体字的旧书。这本书名为《联共（布）党史简明教程》，是由联共（布）中央特设委员会编著、经联共（布）中央审定的联共（布）党史正式课本。书的主人就是丘国章。1942年12月，丘国章得知自己要离开河源时，把此书交给好友诸佛腾暂时保管。诸佛腾冒着杀头危险小心翼翼地保管这本书，等待丘国章取回，他哪曾想到，书的主人再也不会出现了。

3月的晏台山，乍暖还寒，满山的杜鹃花已经开放，绽放着生命的灿烂。

然而，谁也没想到，一场厄运就像"倒春寒"一样悄悄降临晏台山。

几天前，山里阴雨连绵，伙房做饭的木柴潮湿，产生的炊烟不易散去。鹿颈村伪村长黄发仔的老婆在附近山上砍柴时，望见政训室驻地上空炊烟团团不散，回家告诉了黄发仔。黄发仔偷偷进山察看，发现了港九大队政训室驻地，立即向沙头角日伪军告发。

1943年3月3日下午4时，日军出动近百人包围了港九大队政训室在老龙田晏台山的驻地。由于港九大队事先已接到日军近日出兵扫荡沙头角的情报，主力部队及大队部所属机关已在3日上午安全转移。政训室的警卫班已搬运相关物资先行转移，驻地只剩下主任黄高阳等11

名非武装人员正在用膳，准备饭后撤离，谁也没想到敌人来得那么快。

日军由黄发仔带路，抄小路上山，负责站岗的队员未能及时发现悄悄围上来的日本鬼子，待发现敌情时，日军已逼近营房。

紧急关头，司务长曾福抓起冲锋枪向敌人扫射，丘国章拔出双枪向敌人射击，炊事员郑生拿起一支英式步枪阻击敌人。丘国章和曾福冲到不远处的山腰大岩石后面，占据有利地形阻击日军，掩护黄高阳等人突围。两人沉着应战，丘国章的驳壳枪和曾福的冲锋枪共放倒了近10个日本兵，仅丘国章一人就打死了4个日本兵。敌人一时无法靠近，马上调整火力，轻机、重机、钢炮集中向他们攻击，没过多久，曾福的冲锋枪不响了，炮弹把他炸得血肉横飞，牺牲时年仅22岁。丘国章的驳壳枪也沉默了，他斜靠在岩石上，头朝东方——那是他家乡的方向。他身上中的子弹密如蜂窝，为民族解放事业流尽了最后一滴血，时年38岁。

黄高阳冲出重围后从陡峭的山坡滚下，沿着山坑向南涌方向成功突围。年仅13岁的交通员滚下山坡时昏死过去，三天后被雨水浇醒，被村民救活。

这是港九大队史上损失最大、教训最为深刻的"三三"事件，曾福、丘国章、符志光3位同志牺牲，2位同志负伤，彭泰农、陈冠时、陈坤贤受伤后被俘，坚贞不屈，英勇就义。日军还将陈冠时的头颅砍下来，挂在鹿颈村的大榕树上示众。

两个月后，港九大队处决了汉奸黄发仔。

丘国章的遗腹子庚年一岁后，张二招才从丘启文口中得知丘国章早已为国捐躯。她擦干眼泪，立誓要将两个孩子抚养成人。

在黄村烈士纪念碑上，丘国章位列第三。

1998 年 12 月 28 日，香港特别行政区政府在大会堂隆重举行原东江纵队港九独立大队阵亡战士名册安放仪式，时任特区行政长官董建华亲自将包括丘国章在内的 115 名烈士名册安放在烈士纪念龛内。遗憾的是张二招未能等到这一天。

血染蓝溪

　　1943 年，南方各省出现了历史上罕见的大旱灾。数月不雨，田地龟裂，赤土千里，无法耕种。南粤地区是最严重的灾区之一，加上日本鬼子已占领大半个广东，铁蹄所到之处，哀号声四起，整个南粤大地人民，皆处于饥寒交迫、水深火热之中。

　　与此同时，以张家超为首的黄村乡反动势力，不仅不开仓接济饥民，而且还连同地方土豪劣绅，将河源县黄村乡粮所里的地税谷（地税谷为每年向农民征收的税项，当地农民因没有经济收入只好用稻谷抵税），偷偷运往五华、紫金、龙川等地贩卖，以中饱私囊。

　　黄村乡，地处龙河紫五四界相交之地，东临五华、南靠紫金、西接河源、北连龙川，是一个好山好水、宜住养人的地方，却遭遇了这种天灾不断、人祸不绝的状况，真的应验了唐代诗人杜荀鹤《山中寡妇》诗中所言的"时挑野菜和根煮，旋砍生柴带叶烧"。

　　黄村人民当时的日子过得真可谓是苦不堪言。在连续三年农作物失收，又有张家超等恶魔的人祸压迫下，即便是农耕劳力较多、生活稍微宽裕的家庭，家里也没有多少余粮，急需时还要依靠着吃谷种度荒。连稍微宽裕的农民家庭的真实生活状况都尚且如此，更别说那些本来生活就处于极度贫困的大部分农民了，他们每天都过着食用谷糠或将树皮磨成屑拌红薯的穷苦日子，一天比一天消瘦、一天比一天活得乏力，人人都面黄肌瘦，显菜蔬之色，时有饿殍载道、卖儿卖女的惨况出现，生活似乎浑然看不到希望。

而就在黄村人民最艰难的时候，他们收到消息。原本就是他们上交的粮食，都被张家超、张其勋等恶魔拿去做买卖换钱了，这还得了？

于是，为了抵制张家超等人这种倒行逆施的暴行，在中共板仓村地下组织支部书记黄占先、党支部副书记黄德安、党支部委员黄志中的发动、号召下，黄村、叶潭、康禾三地年轻人共同组建了由两三百名青壮年组成的饥饿团，计划在最短的时间内对张家超反动势力倒行逆施的暴行发起一次严厉打击。在行动之前，黄占先、黄德安等共产党员带领这批饥饿团成员先到叶潭欧屋坪的一处山坑里，利用树林作掩护，进行秘密训练。待将他们各自的基本功训练到能胜任出战后，便带领他们在通往五华、紫金、龙川三县的关键交通要冲，设卡劫粮。劫下来的粮食，及时分配给黄村、叶潭、康禾三乡的穷苦农民。

此举，无疑是断了以张家超为首的土豪劣绅的财路。他们因买卖的粮食多次被劫，对这个由黄占先等共产党人发起的饥饿团越来越痛恨，更是将黄占先、黄德安等带头抢粮的共产党员视为眼中钉、肉中刺。

时间到了1943年4月17日（新历5月20日），因为黄村地区人民的日子确实无法再过下去了，黄占先与黄德安两人商量后，就决定带领训练出来的青壮年，冲击国民党黄村乡粮所，砸门开仓放粮。

张惠民从板仓得知黄占先、黄德安饥饿团的行动计划后，便意识到计划存在盲目性和严重性，马上通过黄中强向后东特委书记梁威林当面做了汇报。当时黄村反动势力过于集中、强大，梁威林书记当即指示要求饥饿团必须暂停一切活动，静待时机。可是在饥饿团的另两位"三点会"的重要成员杨锦泉、欧三槐的强烈要求下，饥饿团擅自决定在 4 月 17 日这天举事。黄占先、黄德安两人亦觉得事态严峻，便通过其他渠道向后东特委报告了此事。

后东特委立即就此事开会研究，大家一致认为现在时机不合适，不主张饥饿团对黄村地区国民党反动派的武装势力采取行动，并决定立即派出交通员张华去寻找黄占先、黄德安传达后东特委指示。可惜，张华赶到叶潭欧屋坪训练基地时，面对群情激昂的饥饿群体，黄占先、黄德安已经身不由己，不得不带着饥饿团的大部队提前出发了。

黄占先、黄德安带领饥饿团300多人，从叶潭欧屋坪出发，众人一边行进一边宣传，一路浩浩荡荡，以一句"打倒反动派，还我救命粮"为口号，沿途三四十公里的山路上，不断聚集饥民。等到饥饿团杀到黄村乡粮所时，整支队伍已经扩大到超过千人的规模。当队伍到达粮所之后，黄占先站立在粮所大门前猛然亮出早已制好的旗号"能溪乡抗日民众饥饿团"，旗帜迎风招展、猎猎作响。

张家超在此次大规模的冲击粮所事件前，已经通过自己暗中安排的细作，预先得知事情的棘手程度。所以他一方面调集了手上所有的团丁、伪警察署力量守护粮所；另一方面派人向上通报国民党县政府，由国民党县政府派出武装力量帮忙镇压饥民。

但是，当张家超看到饥饿团的规模竟然有上千人，而且对面领头的人手上也备有武器，正对着他们准备射击的时候，这个只会剥削百姓、没有大规模作战经验的民团团总兼伪警察署巡官也慌了，他根本搞不清楚这次来冲击粮所的人有多少、枪有多少，只感到入目所见，全都是向他冲来的人。所以他带着200多个团丁、伪警察胡乱放了几枪，就落荒而逃、抱头鼠窜，连头都不敢回一下。

张家超一击而溃，黄占先、黄德安等领头人则立即开仓放粮。打开粮仓，所有人看到满仓库的粮食都快要惊呆了。这些都是黄村地区老百姓的劳动成果，有这么多粮食，可在黄村地区居然会饿死那么多人，这张家超真的不把人当人啊！

感叹过后，接受过训练的原饥饿团青年还好，可以按捺住激动的心情，等待分配。可是那些沿途加入，早就饿得眼睛都绿了的饥民却不管那么多，拿上自己应得的一部分粮食就跑，甚至还有一些实在饿得不行的饥民，直接就在附近埋锅造饭，吃起了香喷喷的米饭。而且，附近的农民听到粮库开仓的消息，很多也一窝蜂地过来分粮，一副兴高采烈的样子。霎时间，整个粮所变得乱糟糟，宛若过年般热闹。

看到这种情景，黄德安忧心忡忡地说道："场面太乱了，这样下去怕不怕会出乱子？"

黄占先看着大家喜气洋洋的笑容，点了点头说道："老乡们过得太苦了，现在大家有口吃的，哪管得了那么多？放心，只要我们饥饿团的人不乱，应该不会出乱子。"

在黄占先看来，只要老乡们能吃上口饭，事情又何至于弄到今天的地步？今天他们带头起义，不就是为了守护老乡们的笑容吗？既然

现在目的已经达到，现场乱点也没什么，总不至于像张家超一样，拦着不让大家填饱肚子吧？

黄占先的出发点是好的，可是终究过于年轻，缺乏斗争经验。他不知道，张家超在撤退之前，已经留下暗线，秘密监视饥饿团。当暗线摸透饥饿团的虚实，搞清楚其实真正的可战之士并不多，手上的枪其实也仅限于领头的几名共产党员拥有后，便立即回去报告张家超。

"我就说，那群'亚红伯'哪来的那么多枪，原来只是虚张声势，其实根本是一群乌合之众！"搞清楚双方实力后，张家超就命人对粮所所在的黄村墟连通外界的三条路，即富丽岗、黄村坳和张公爷庙三个方向进行设卡、封堵。每一条路上的卡点，都让一名黄村籍的人带着团丁进行把守，每个卡点还配置几十把枪候着，对非黄村本地口音的人，一个也不放过，以防备饥饿团队员冲出去。黄村坳方向由开明绅士邹华卿负责，张公爷庙由时任黄村乡副乡长的张其雄负责，而张家超本人，则是带着上百名团丁，从富丽岗方向出发，向粮所的饥饿团杀个回马枪。

这次张家超有备而来，沿路开枪鸣示。粮所里的大部分饥民在听到枪响后，就立刻被吓得一哄而散，甚至搅乱了饥饿团的阵列。在一片混乱中，黄占先一开始想要竭力维持秩序，却始终未能收到成效。最后，连饥饿团的青壮年也开始出现跟着饥民逃跑的现象，整个饥饿团就像多米诺骨牌效应一样被饥民裹挟着逃跑。黄德安见大势已去，便叫上黄占先、黄志中等骨干分子分开撤离。

在分开撤离的时候，黄占先依旧抱着掩护同志的想法，对后面追来的张家超等人进行开枪还击。可是"双拳难敌四手"，在一阵乱枪中，黄占先手上的一把枪终究顶不了事，在子弹打光后，负伤被俘。黄志中也如哥哥黄占先一样，打光手上最后一发子弹后，不幸被俘。

后来，上千饥饿民众中，就近的民众已经拿着粮食回家，剩下四五百人从三个方向逃跑，这三个方向正是张家超提前设在富丽岗、黄村坳和张公爷庙的三道关卡。除了从富丽岗逃跑且不是说黄村本地土话的人尽数被抓外，往黄村坳和张公爷庙两个方向跑的几百叶潭人和康禾人，在邹华卿、张其雄的网开一面下，大部得以逃脱。邹华卿和张其雄只是抓了几名饥饿团的人向张家超交差了事，对其他逃跑的一大批青壮年睁一只眼闭一只眼。光从黄村坳成功逃脱的人，就有近200人。

最后，三条路上的卡点，共抓了饥饿团成员200多人。除去那些家里稍微有点钱，可以来黄村国民党乡公所赎人的家庭外，其他的饥饿团成员留下的共有107人，他们大多数都是叶潭人。

张家超、张其勋等人对黄占先、黄德安等饥饿团带头人恨之入骨，现在黄占先、黄志中两兄弟被捕，张家超大喜过望，第一时间命人把两兄弟的双腿打断，然后他和张其勋便分别揪着两兄弟的头发，像拖狗一样游街示众，从上墟门拖到下墟门，再从下墟门拖回上墟门，来来回回好几遍，让黄村的人民看看反抗他们统治的下场。在游街示众的过程中，黄占先和黄志中两兄弟威武不屈、大义凛然地高呼"中国共产党万岁！""打倒国民党反动派！""打倒张家超！"等口号，表现出共产党人视死如归的高尚品质。

"狗腿打断了还那么有精神，给我把他们的嘴堵上！"听到黄占

先两兄弟的口号，张家超脸色铁青，狠狠地扇了两兄弟几巴掌，打得黄占先两兄弟满嘴是血，随后让手下用湿毛巾堵住两人的嘴巴，让他们讲不了话。

除此之外，张家超还命人大肆搜捕躲过一劫的黄德安，务必要把饥饿团的领头人赶尽杀绝。

话分两头，黄德安在一片混乱中与黄占先兄弟失散后，独自躲到了黄村墟直街的正中间，一间叫"广盛"的杀猪小店。这家店的老板程世壂与黄德安相熟，而且为人急公好义，对张家超等反动势力也极为看不顺眼。

于是程世壂将黄德安藏在店后面的猪栏兼大便处，为了让里面躲藏的黄德安好受一点，程世壂还在大便处撒了一层晒干的番薯苗叶，让味道闻起来没有那么臭。

在张家超等人搜捕黄德安期间，曾有十几个伪警察来盘问，皆被程世壂一一应付了过去。天刚蒙蒙亮时，张家超的搜捕已经没有那么严密，此时也正是店里出去收购肉猪的时间。程世壂把黄德安打扮成他家店铺的伙计，那天正好下着小雨，两人都头戴斗笠、身穿蓑衣，黄德安手上还拿着杀猪刀和秤，就这样混出了上墟门哨卡，黄德安就此逃过一劫。

事件最后，这107人，其中包括黄占先、黄志中两名骨干，都被绑在黄村墟东门桥的蓝溪河河坝边公开处刑。看着这107名对抗暴政的志士以及饥民，张家超毫无人性地对着手下以及围观的百姓大声说道："这些人都是暴徒，格杀勿论。子弹珍贵，除了黄占先等十几名共产党员可享受枪决外，其他人都用锄头锄死了事吧。"

眼看自己已是必死，以黄占先、黄志中为首的十几名共产党员没有哭诉求饶，而是选择英勇就义，除黄占先和黄志中外，其他共产党员都高呼"中国共产党万岁！打倒国民党反动政府！"希望通过生命中的最后一声呐喊，去唤醒周围表情麻木的人们。可是，迎接他们的却是一排枪响。年轻有为的黄占先、黄志中等共产党员就此倒在血泊中，以生命谱写了一段可歌可泣的革命悲歌。

黄占先等人倒下后，张家超怕周围人群受到他们死前的慷慨讴歌所感染，于是连忙环顾四周大声说道："如今匪首已除，各位父老乡亲如果有意帮忙除恶，即可奖谷一斗，以后也可以跟着我张家超混。"

张家超说话的同时，手下的团丁也端着枪虎视围观群众，迫之以势、动之以名、诱之以利，引导部分群众成为助纣为虐的屠夫。

听到张家超的许诺，一小部分意志、立场不坚定的兵痞、流氓，便上前拿起手中的锄头，对着饥饿团的人狠下杀手。一时间，饥饿团的人血溅蓝溪。所有被俘饥饿团成员身亡后，张家超就下命令，不许收尸，只让手下在蓝溪河边挖了个大坑，将107人的尸体草草掩埋。

如果不是邹华卿在黄村坳关卡放走了近200名饥饿团成员，这次死难的人会更多。事后，邹华卿曾惋惜地跟身边人说道："没想到张家超这个人这么狠，居然会对这些饥饿民众痛下杀手，早知道如此，我一个人都不送！"

黄占先一家在听到占先两兄弟惨遭杀害的噩耗后，他们的母亲和他们各自的妻子一下子晕死过去，众乡亲叫了好久都无法清醒，后来还是用童子尿的土方才使她们醒转过来。这场惨剧过后，黄占先一家五天没有炊烟，全家老少都笼罩在一片愁云惨淡之中，真是让人痛心

疾首。

面对如此重大的惨案，因坐月子而留在黄村乡永新村，以永新村小学教师身份掩护的关绮清（时任中共河源县妇女部部长），在听闻此事后义愤填膺、拍案而起，不顾生产后虚弱的身体跑了30多公里的山路，毅然决然地站在张家超面前，当面怒骂道："张家超，你就是我们东江第一草菅人命的屠夫，你所有的罪恶行径，人民是不会忘记的，你等着人民审判你的那一天吧！"

关绮清明知山有虎，偏向虎山行的精神，让张家超这个彻头彻尾的卑鄙小人相形见绌，同时也恼羞成怒，他立刻命人用麻绳一绑，把关绮清也押到东门桥、蓝溪河边进行处决，横尸河边。

恰逢四月是南方多雨时节，仿佛连上天都为这群勇敢与命运抗争的志士流泪。滂沱的雨水倾盆，一地的鲜血经由雨水冲刷，全都倒灌蓝溪河。那一天，蓝溪河的河水是红色的，那是被革命先烈身上滚烫的热血所染成，这便是后来震惊整个东江地区、整个广东南粤大地的黄村地区"四一七"饥饿团事件。整个事件包括关绮清在内，总共108人遇难，然而饥饿团成员为了人民的利益，为了维护人民群众取得生存的权利，不畏强暴，视死如归，献出了自己的生命，显示了饥饿团成员的高尚品质和英勇不屈的革命精神。

处决恶魔

1945年8月15日，日本裕仁天皇宣读停战诏书，接受《波茨坦公告》，标志着日本正式接受战败投降的结局，二战和抗战的战事结束。

第二次世界大战的胜利，使国际阶级力量发生了重大变化，各国人民的革命力量有了很大的发展，帝国主义力量大为削弱。这就为世界各国人民的革命斗争创造了有利的国际条件，给全世界工人阶级和被压迫民族的解放事业开辟了更多的可能性和更加现实的道路。

抗日战争胜利后，中国的政治形势也发生了新的变化，经过14年抗战，人民革命力量空前壮大，国民党统治区的爱国民主运动进一步高涨，形成了中国革命前所未有的有利形势。中国人民迫切要求和平，迫切要求建立一个民主、独立的新中国。但是，国民党反动派却完全不顾人民渴望和平的强烈愿望，在美帝国主义的援助下，拼命抢夺抗战胜利果实，加紧策划内战，妄图一举消灭共产党和人民武装力量，侵占解放区，妄想实现它在全国的反动统治。这样，抗战胜利后

的中国人民和美帝国主义支持下的国民党当局的矛盾，就迅速上升为国内的主要矛盾。中国面临着两种命运、两个前途的决战。

由于黄村地处山区，交通不畅、信息闭塞，抗战胜利的消息到9月中旬才传到黄村。黄村地区人民也和全国人民一样，热烈庆祝14年抗战胜利。与此同时，中共后东特委根据上级指示决定在黄村地区恢复武装斗争。

为打响具有纪念意义的第一枪，后东特委梁威林、郑群等领导同志在康禾彰教村山寮进行研究，将矛头直指造成饥饿团"四一七"血案的恶魔张家超及其同伙。张家超等人欠下了无法偿还的血债，不杀不足以平民愤，不杀不利于安定人心，也不利于开展武装斗争。

为确保任务顺利完成，后东特委到飞龙大队里精心挑选了13名20岁左右，有战斗经验的年轻战士组成除恶突击队，负责完成这一任务。突击队员组成后，由梁威林亲自做了动员，并周密地做了战斗部署，严格要求突击队员要不惜一切代价，杀掉十恶不赦的张家超。突击队员坚决接受任务，个个表决心说："不拿下张家超的头颅，愿接受党组织的处分。"

农历八月十五中秋节，同时也是国民党黄村乡政府选定的庆祝抗战胜利的活动日，13名突击队员经过乔装打扮，清早从康禾彰教出发赶至黄村墟，先找到地下联络站的李作新，在他的协助下，侦察了敌人的布防和活动情况。突击队当即按计划分成两个战斗小队，一队由钟良指挥，队员有诸日扬、叶波浪、诸佛腾、卢知贵、刘冠，共6人，负责袭击警察署，捕杀张家超；另一队由张修指挥，队员有张伯友、黄建良、诸发增、诸观寿、刘定中等，共7人，负责袭击乡公所，干掉李贯英。两队分开行动。

上午十一时许，在热闹的黄村墟街，突然出现两个年轻人在大街上对骂并很快就扭打在一起，俨然成了两个地痞流氓为争吵而斗殴的景象，打架的两人正是第一小队的钟良以及诸日扬。两人打架的事情很快就引起附近负责维持治安的伪警察的关注，当问清两人打架的缘由后，便带着钟良和诸日扬到伪警察署进行调解。

"把张巡官叫来评评理，道理明明就在我这边，这个混蛋把我家祖坟挖了，今天这事如果不解决我就赖在这里不走了。"来到伪警察署，诸日扬指着农民打扮的钟良骂骂咧咧道。

眼见诸日扬撒泼，钟良也不甘示弱，他也吵吵嚷嚷地让张家超出来评理，一边吵还一边当着伪警察的面跟诸日扬又打了起来，场面一度十分混乱，让旁边协调的伪警察也不知该如何是好，只能到二楼请示张家超。

张家超原本正舒服地躺在椅子上抽烟，听闻警察署内居然有人敢闹事，立马气不打一处来，骂了句脏话后就从二楼下来。一见到钟良和诸日扬两人，二话不说就上前给了一人一个耳光，骂道："知道这里是哪儿吗？这里是警察署！是你们可以撒野放肆的地方吗？"

打了两人耳光后，张家超似乎还不解气，抬起腿来又对着两人踢了几脚，随后才缓了缓坐到办公台后的太师椅上，傲慢地说："你们想我怎么个评理法，都说来听听吧！哪边说得好，我就帮哪边。"他说话的那个态势，像极了主宰人类生杀大权的神祇，找他评的也不是理，而是他的欢心。不过，他哪里知道，他这副高高在上的姿态将很快消失人间。

就在张家超漫不经心说话的同时，钟良、诸日扬两人默默挨了几脚后，表面上摆出一副恭顺的样子，但暗地里已将手伸到怀里，随时准备掏出事先准备好的手枪，就等外面队员制造的时机。恰在此时，外面突然响起了鞭炮声，张家超和伪警察们都以为是乡民庆祝胜利点的鞭炮，不以为意。

"那就让我先说吧，我想你评评1943年4月17日饥饿团事件的理，你看如何？"诸日扬一边语速极快地说道，一边突然从怀里掏出了快掣驳壳。

"张家超，我今天代表东江人民，为饥饿团惨死的饥民处决你！"钟良也迅速地掏出手枪对准周边保卫的伪警察大吼道。

"砰""砰""砰"……数声枪响过后，张家超以及伪警察署内的几名伪警察都倒在了地上。这个东江地区第一凶残的刽子手终于结束了他罪恶的一生，再也无法鱼肉乡民了。

另一边，当张修、张伯友带领的除恶突击第二小队到达乡公所外时，这里简直比过年还要热闹，到处都是鞭炮声、锣鼓声，家家户户欢欣鼓舞，喜悦之情溢于言表，可见抗战胜利对中国人民来说是多么值得庆祝的事。

"看到老乡们脸上幸福的笑容，我觉得我们再苦再累也是值得的。"看着周围认识或不认识的乡亲父老，张伯友对着张修说道。由于张伯友是黄村本地人（张华基亲弟弟），张氏家族在黄村人口较多，为了不连累族人，所以此次出行，他特意在脸上涂擦泥浆，目的是不让老乡们认出他来。

张修虽然是龙川县人，这里不是他的故乡，但是爱国的那份心是一样的，所以张修也表示认同地点了点头，脸上露出一丝温暖的笑意。但随后，他的神情又恢复严肃，对张伯友说道："伯友，虽然抗战胜利了，但还不代表我们人民胜利了，现在我们面前仍然有一个东江地区的大恶人等着我们去处决，我们的任务还相当艰巨。你留意一下那边巡逻的伪警察，张家超等人从来没有放松警惕，我们还是按计划行事。"

"好！"

话不多说，7人很快就行动起来，他们知道李贯英这个时间点有睡懒觉的习惯，准备趁着现在热闹的环境，悄悄潜入乡公所直接把对方干掉。

本来，位于乡公所二楼的李贯英确实正在睡觉。可是谁承想，在黄村墟的一片鞭炮声中，他却听到了警察署那边疑似枪声的响动。结合他之前收到的线报，知道共产党在附近地区比较活跃。所以狡猾如狐、天性小心谨慎的李贯英就已经从床铺上爬了起来，快步来到乡公所的二架棚（楼上之棚，约两米高的二层棚架）上小心翼翼地躲了起来，还时不时将脑袋伸出二架棚，鬼鬼祟祟地向下窥探。

果不其然，过不多时他就听到楼下传来急促的脚步声，心里不禁窃喜道："幸好我提前躲了起来，不然岂不是死了都不知道怎么回事？"暗呼幸运的同时，李贯英也从怀里掏出手枪，瞄准通往二楼的楼梯口。只要游击队员敢踏上二楼半步，他就能让对方命丧乡公所。

说时迟、那时快，张伯友手持手枪冲了上去，可是入目所见只有凌乱的床铺以及空荡荡的二楼，李贯英人却不知所踪。待得他抬起头来，却只见到一个黑洞洞的枪口对准自己，耳中传来一声枪响。张伯

友应声从楼梯上滚了下来，胸膛冒着汩汩鲜血，当场牺牲。

张修看到牺牲的战友，操起手枪就冲上二楼，边冲边开枪，冲到楼梯一半时，楼上又传来一声枪响。子弹直接命中张修的大腿，张修也从楼梯半道滚落地上，被后面的队员接住，急速撤离李贯英的射击范围。

就在这时，负责在乡公所门外警戒的除恶突击队队员黄建良大声吼道："风紧，快撤！"看来，国民党在黄村乡的反动势力终于反应过来，正有几十人向乡公所这边包围。而且加上楼上敌情不明，自己和战友们正陷入敌人的包围之中，如果再不撤退，所有队员都会遭到重大损失。于是张修果断下令全体队员撤退。

由于张修大腿中弹、行动不便，队员们找来一个箩筐将张修装了起来，再由两名身强力壮的队员诸发增、诸观寿用木担将张修抬着离开，往三洞方向的山区撤退。其他成员则是在后面与追击而来的伪警察、团丁边打边退，掩护队长张修几人先走。

张修怎么说也是一名上百斤的成年汉子，即便同志们拼死相救，以最快速度向三洞撤退，也肯定不如后面追击而来的反动武装速度快。如果队员一直不肯放下自己，那么这剩下的6个人（除恶小队二队成员），都难逃被一网成擒的命运。

"放我下来吧，不能因为我一个人，而连累所有兄弟。"耳中听着越来越近的枪响，张修判断敌人很快就要追上来。为了让同志们都能安然撤退出去，张修决定牺牲自己一个，救护所有战友。

"队长你说什么呢？我们飞龙大队的人从来都是生死与共的兄弟，怎么可以丢下你呢？要死大家一起死，我们现在就跟那些反动派拼了！"抬着担子的诸发增义无反顾地说道，其他同志也纷纷应和。

面对此情此景，张修更加不愿意连累这帮生死与共的好战友，只见他二话不说，直接从箩筐里挣扎着翻了出来。在山路泥泞的地上滚了两圈后，拿起手枪对准自己的太阳穴。

"队长你这……"队员们见到张修的架势，都已猜到张修的心意，想继续劝他不要做傻事。

"战友们，我们来世再做兄弟了！"说罢，张修就毅然地扣动扳机，为自己年轻的生命画下了伟大而又光荣的句号。

张修壮烈牺牲后，由于队员们都是年轻力壮且战斗经验丰富的小伙子，所以剩余的人边打边撤，在撂倒几个追兵后，赶在反动派势力合围前，朝着三洞方向成功撤退。

为了处决张家超这帮人间恶魔，飞龙大队付出了张修和张伯友两位战士的宝贵生命。但张修和张伯友的英雄壮举，已经为黄村地区人民报了深仇大恨。

事后，以张其勋、李贯英为首的反动势力将张修、张伯友的尸首抬到黄村墟街口陈尸三天，希望有人出来辨认，以便捉拿两位烈士的家属。虽然有所谓优厚悬赏的引诱，但黄村人民硬是没有一个人出来指认烈士遗体，就是为了更好地保护两位烈士家人的安危。

两位飞龙大队队员的光荣牺牲，以及以张其勋为首的反动势力将烈士遗体陈尸街口、惨绝人寰的恶行，更是燃起了黄村地区人民的怒火。此后不久，怒火成燎原之势，仅黄村地区就有200多人秘密报名参加粤赣边支队四团，四团一度快速扩充到了1600多人，发展成为龙河紫五地区的革命武装主力，大大加强了对以张其勋为首反动势力的

打击力量，加快了蒋家王朝的灭亡。革命老区黄村于1949年5月彻底解放，不过这都是后话。

那个时间段，黄村地区人民和全广东人民、全国人民一样，盼望抗战胜利后有一个和平安定的环境，得以休养生息，重建家园。然而，自张家超死后，张其勋不仅不收敛，反而打着"剿匪"的旗号，进入黄村乡各村搜刮民脂民膏，到处敲诈勒索，大发横财。土匪、流氓、恶棍也趁火打劫，闹得整个黄村地区人心惶惶、民不聊生。黄村地区的民间还流传出了"抗战多年冇（无）米煮，和平三日吊沙煲"的对子，以及"睇（看）错老蒋（指蒋介石），迎错老张（指张其勋），搭错牌楼，烧错炮仗"的顺口溜。这充分反映了黄村地区人民对国民党的失望和愤慨心情。

血写星火

1945年春，随着抗日战争的形势日益好转，为迎接战略大反攻的早日到来，中共后东特委梁威林、钟俊贤、郑群、黄中强等在黄村文秀塘召开恢复党组织活动会议。此后，后东地区各级党组织相继恢复起来，进入了如火如荼的对敌斗争当中。

春节刚过，特委在黄村成立了"飞龙大队"，魏刚任队长、程光任教导员，队员有60多人，活动于紫河边境。后与紫金大队统一成立了"东江人民抗日武装自卫总队"，郑群任总队长，梁威林任政委。

没过多久，黄村地区的张惠民、邹建组建了一支30多人的游击队，取名"飞虎队"。而程佩舟也在黄村三洞村成立了白虎游击队，队员接近百人规模。后东地区的抗日武装队伍如雨后春笋般涌现，多支队伍同时活跃在粤东大地。

1945年4月的一个傍晚，梁威林招呼黄中强："秀才，出去走走。"

"好的，梁哥！"黄中强跟着梁威林朝村口走去。在后东特委，所有的人都叫梁威林"梁哥"，这是保密的需要，而梁威林也确实是

态度和蔼，平易近人。

"秀才，听说你在五华一中读书时办过刊物？"

"这你也知道？"黄中强知道梁威林是广西博白人，曾留学日本。

"大名鼎鼎的学运领导人，谁人不知哪个不晓？"

黄中强笑了。他出身于书香门第，有"东江才子"之称。1939年他在五华县立一中读书时加入了中国共产党，是年下学期，五华一中成立中共总支部，黄中强任宣传委员，组织同学开展抗日救亡活动。校长曾祥朋是思想反动的学阀，逼走进步教师，禁止学生阅读进步书刊，禁止抗日集会宣传，引进武装校警监视学生。黄中强和薛弼珊（江尚尧）等人主办的初秋三班《火线》墙报率先举起反抗的旗帜，学校反动当局宣布开除黄中强和薛弼珊等17人的学籍，黄中强组织学生全面罢课，并组织师生走上街头，示威游行，揭发反动校长迫害学生的罪行，终于把曾祥朋赶下台。而他和薛弼珊也因为引起了当局的注意而离开了学校。

"梁哥，你是想办一份后东特委的刊物吧？"

"秀才就是聪明！有什么想法？"

"我一直琢磨着办一份后东特委机关报，之前条件不成熟，现在好了，我们有了电台，可以收听延安新华社消息，报纸的内容就不愁了。油墨、纸张也有了着落，完全可以开办了，我甚至把报纸的名字都想好了。"

"哦？"

"叫《星火报》，取意毛主席的著作《星星之火，可以燎原》。"

"这名字好！过两天特委开会把这事定下来。"

　　1945 年 4 月 16 日，后东特委在永新文秀塘召开会议，决定创办自己的机关报，将报纸命名为《星火报》。由后东特委宣传部部长黄中强兼任社长，报社就设立在黄村乡文秀塘黄中强家中。

　　两天后，李作新出现在黄中强跟前："老领导，队员李作新前来报到！"

　　"作新，你来了！"黄中强从桌子后面走过来，握住李作新的手，让他坐在木椅上。

　　黄中强领导的武工队（锄奸队），令东江地区的敌伪头目闻风丧胆。李作新是他手下一名队员，写一手漂亮的仿宋体，刻写蜡纸既快又好，他刻的蜡纸，可以油印300多张，人们誉称"铁板李"。《星火报》是油印小报，黄中强第一个就想到了他。其他的人员也陆续到来，五月初，《星火报》创刊号开印，黄中强亲笔撰写创刊词。

　　《星火报》是一份综合性报纸，内容包括新闻、时政、评论，还有抗日歌曲等。刊载最多的是毛泽东主席的《论持久战》《中国的红色政权为什么能够存在？》《星星之火，可以燎原》等文章章节。国际战场的苏联红军开展大反攻，打到德国的柏林城下，美国等同盟国轰炸日本东京等消息也偶见报端。而《黄河大合唱》《游击队之歌》《大刀进行曲》等抗日歌曲也时见报端。一段时间，后东地区广大县区的农村，尤其是各中小学校的师生、民众，都纷纷传阅《星火报》，使《星火报》真的像星星之火般点燃了东江大地，又像一把把锋利的匕首，刺在敌人的心脏处，极大地鼓舞了沦陷区、国统区人民的抗日斗志。很多有文化、有知识的有志青年，积极寻找我党外围组织，希望能够投身到伟大的抗日事业以及民族解放运动中去。作为地

下组织报，《星火报》起到了团结群众、发动人民武装打击敌人的作用。

黄中强经常为报纸撰稿、审稿。但他是后东特委宣传部部长，工作特别繁忙。特委决定调江尚尧担任中共河源县委特派员兼中共后东特委机关报《星火报》总编。

1945年9月6日晚上10点多，从龙川方向蹒跚走来的一对青年男女，在文秀塘风门坳被哨兵拦住，男人喘了一口气，才平静地说："我来文秀塘找娟阿婆。"

"你是江哥吧？"旁边凉棚里跑出一个机灵的后生，用期待的目光盯着那男的说。

男的点点头，小伙子高兴地说："可等到你们了，跟我走！"

这个身子有点单薄、模样斯文的男人正是江尚尧，女的是他结婚不到两年的爱人康燕芬，他们昨天接到命令，今天天不亮就悄悄离开中国工业合作协会老隆指导站（简称"工合"），一路上紧赶慢赶，步行10多个小时后，才抵达后东特委的驻地文秀塘。

小伙子不由分说地抢过康燕芬的行李背在肩上，举着火把在前面带路，过了一条山坑，来到了后东特委驻地黄中强家的院子里，大声地喊："哥，我把江哥接到了！"

后生叫黄平（黄达明），是黄中强的大弟弟，《星火报》的通讯员，不到20岁，电台和办报所需物资大都是他带人到龙川、五华采购的。黄中强吩咐他这几天到风门坳去转悠，接一对姓江的年轻夫妇。

黄中强太了解他这个学兄的性格了，分散隐蔽了那么久，哪还憋得住，知道他接到通知后便会立即动身的。

黄中强快步跨出门，与江尚尧四目相对，热泪盈眶，激动地喊了声："薛兄！"

"中强！"这对同窗挚友忘情地拥抱起来。

"哎。"闻声出来的梁威林叫停他们，后面跟出来的组织部部长钟俊贤、青年部部长卓扬、武装部部长郑群等人掩嘴直笑，这两天他们刚好在文秀塘开会。

江尚尧赶紧松开手，向梁威林立正敬礼："梁书记，江尚尧前来报到！"

梁威林紧紧握住江尚尧的手："这么快就来了？好样的！"然后又把手伸向康燕芬："这是小康吧？辛苦了！"

江尚尧与钟俊贤、卓扬、郑群一一握手，互相问候。

这时，黄中强的母亲——娟阿婆出来了："好俊的妹子！"她心疼地拉着康燕芬的手说："孩子，累坏了吧？"

娟阿婆真名叫陈娟，只有40来岁，圆圆的脸，慈眉善目。因为黄家辈分高，全村的人都按辈分喊她阿婆，后东特委的干部战士也跟着叫她娟阿婆，她也不在意，总是笑眯眯的。看着她拉住康燕芬问长问短，黄中强催她道："娘，还不快做饭去！"

"晓得啦！"娟阿婆没好气地瞪了他一眼，心里直骂：你什么时候也给我带一个回来呀？

黄中强一怔：娘今天怎么啦？他带着江尚尧夫妇进屋与梁威林等人说话去了。

江尚尧夫妇在文秀塘住了两天，向有关领导汇报了工作，听取他们的指示后，就到离文秀塘五公里外的《星火报》报社新址南客

寮去了。因为敌人骚扰，《星火报》报社经常在黄中强家、文秀塘地塘头老屋、宁山下围罗亚华家（新中国成立初期被评为革命堡垒户）和南客寮四个地点多次转移。

送他们过去的还是黄平，与文质彬彬的黄中强不一样，黄平长得英俊威武。康燕芬觉得他有些面熟，问道："小黄，你去过老隆'工合'吧？"

"嗯。康姐，你不认得我，我可认得你！"

"啊，我想起来了，你就是几个月前到'工合'印刷厂来取油墨纸张的那个小伙子，是吧？"

黄平笑着点点头。"工合"是抗日战争时期，由国际友人及爱国民主人士发起，国共两党参与组建和领导的，以合作社方式在大后方从事工业生产的群众性经济组织。1938 年 8 月在武汉成立，宋美龄任名誉理事长，孔祥熙任理事长，路易·艾黎任技术总顾问。"工合"老隆指导站主任陈景文是地下组织员，《星火报》的油墨纸张等物品都是他从"工合"搞来的。

南客寮在七目嶂山腰上，10 来户人家，这里四面环山，据说是全广东最高的村子。《星火报》报社新址设在张华基的家里，报社的工作间设在靠宅子东南角一间约 30 平方米的房子里，这原来是一间书房。

报社平时只有 4 个人，江尚尧负责编辑工作，他是河源县委特派员，任务繁重，报社的日常工作实际上是李作新负责，他承担了报纸的刻写、排版、印刷、分发工作，康燕芬负责协助他刻写印刷工作。

南客寮是一个红色堡垒村，村里的人非常勤劳、朴实，尤其是张华基的家人，经常帮忙采购物资，打探消息，通风报信，掩护电台和报社。

山上的日子非常艰苦，经常用生姜拍碎加盐蒸熟当菜，村里的人到黄村街赴墟时，会帮忙带点蔬菜、豆豉、豆酱、辣椒、咸鱼回来，改善一下生活。艰苦险恶的工作环境，超高强度的工作任务，江尚尧的体重下降了10多斤，整个人瘦了一圈。一次，江尚尧到文秀塘开会，娟阿婆看了心疼地说："小江啊，你要注意自己的身体，看到你瘦成这样，我心里好难受。"

"娟阿婆，没事，我年轻，顶得住。"江尚尧笑笑说。

10月29日，江尚尧对爱人说："明天我要出去执行任务，过几天才回来。"江尚尧是中共河源县委特派员，经常到外地指导检查工作，康燕芬都习以为常了，由于组织纪律，她从来不问江尚尧去哪里，江尚尧也不会告诉她。

晚上，他们回到山谷边的小茅房，躺在铺满稻草的木床上，康燕芬突然对江尚尧说："弼珊，我想儿子了！"说完啜泣起来。他们的孩子还不到1岁，放在五华老家由奶奶抚养，这次接到调令都没有来得及回家看一眼年迈的母亲和幼小的儿子，就来到特委工作了。康燕芬每每想到自己对儿子没有尽到一个母亲的责任，心里就难受得不得了。江尚尧轻轻地搂着妻子说："我何尝不想孩子和母亲啊！可我们要为党工作，就顾不上他们了，我们抛家弃子，流血牺牲，不就是为了让他们将来能过上好日子吗？"在江尚尧的抚慰下，康燕芬渐渐地平静下来，进入了梦乡。

第二天一早，江尚尧带着爱人给他准备好的衣物和刚刚出版、散发着墨香的《星火报》朝文秀塘走去。康燕芬站在村口，依依不舍地

目送江尚尧消瘦的身影消失在村东头的山坳里。她哪曾料到，此一去竟成了他们夫妻的永诀！

在文秀塘，江尚尧主持召开县委会议，吃过娟阿婆给他做的早餐，与县委副特派员周立群等人告别，准备到叶潭儒步去检查工作。

临行前，娟阿婆还叮嘱他："小江啊，你的五华口音重，不要多说话。"

"好的，我尽量少说话。"

周立群握着他的手说："你要小心，最近风声较紧！"

"您放心，我在板仓教过两年书哩。"

板仓是他战斗过的地方，1941年，受党组织派遣，他从家乡调到河源黄村板仓小学，以教书为掩护，担任中共河源县委宣传部部长职务，黄中强是县委书记。江尚尧在板仓主办了一期党支部书记训练班。他白天在学校教书，晚上深入群众中，与党员、贫苦农民谈心，大家都亲切地叫他"江哥"。1942年年底，他根据党的指示，从黄村转移到和平"工合"隐蔽，并在那里认识了康燕芬，收获了甜蜜的爱情，一年后，他们的儿子出生，取名惠群。

在板仓小学，江尚尧把一沓《星火报》捆绑在身上，把左轮手枪插在腿上，化装成商人，前往叶潭儒步。

江尚尧走到能溪乡（今叶潭镇）双头墟时，已是中午时分，他放慢脚步，警惕地观察街面的情况，街上行人很少，似乎没有异常。他决定迅速通过。不料，意外发生了。

当天，能溪乡伪乡长黄茹吉因昨晚喝醉酒，住在双头墟没有回能溪乡公所，上午正在"万裕"店楼上睡觉。黄茹吉的马弁黄鬼头坐在楼下木沙发上打瞌睡，这家伙兵痞出身，枪法了得，心黑手辣，被黄茹吉重金挖来做自己的马弁。

反动分子黄竹馨也在店里喝茶，当江尚尧从门前经过时，他发现江尚尧人面生疏，行为举止也不像本地人，形迹可疑，当下便训斥黄鬼头："睡什么睡，生疏人经过也不检查！"

黄鬼头被骂醒，看到走远的江尚尧，便拔出腰间的驳壳枪追上去，喝令江尚尧："站住！停下检查！"江尚尧已经快走到墟尾了，见后面有人追来，意识到自己可能已经暴露，拔腿就跑，因身上绑有《星火报》，影响了奔跑的速度，黄鬼头在后面紧追不舍，边跑边开枪射击。危急关头，江尚尧弯腰拔枪，没想到缠在腿上插枪的绸带太破烂了，绊住了左轮手枪，他用力拔了几下都没有拔出来，"噗"一声闷响，江尚尧大腿被击中，跌倒在地上，他仍在尝试着拔枪，可还是拔不出来，黄鬼头上前一把夺过江尚尧的左轮手枪，倒吸一口凉气：如果江尚尧顺利拔出手枪，躺下的将是自己！

黄茹吉听到枪响，也立刻带着他留在饭店的马仔冲到街上。看到倒在地上的江尚尧，黄茹吉等人直接就是十几支枪全部对准了江尚尧。黄鬼头来到黄茹吉身边，举起了从江尚尧身上缴来的左轮手枪道："吉爷你看，此人身上有这么漂亮的左轮手枪，肯定是共产党的大官。恭喜吉爷又立大功啊！"

黄茹吉被黄鬼头的一个马屁拍得笑容满面，随后接过黄鬼头缴来的左轮手枪，又阴笑着看向江尚尧问道："你是什么人，快说。不然有你好看。"看着江尚尧身上缠满的《星火报》，黄茹吉也感觉自己这次恐怕是打到一条大鱼，忍不住得意洋洋起来。

可是江尚尧此时只是嘴里喃喃地说着些什么，一副血流不止、身受重伤、无力回答的样子，让黄茹吉等人根本无法听清对方在说些什么。黄茹吉见状，便大大咧咧地准备凑上去，听听江尚尧究竟想要说些什么。

黄茹吉刚一往前迈步，黄鬼头却伸手拦住并提醒道："吉爷，小心有诈，让我来。"

只见黄鬼头身子前倾，耳朵缓缓靠了过去，同时全身肌肉绷紧，防备江尚尧的暴起发难。果不其然，当江尚尧眯着眼看到黄鬼头离自己足够近时，就猛地撑起身子直扑过去，准备咬下黄鬼头身上的一块肉。

"哼！果然有诈。"可惜黄鬼头早有防备，加上他身手敏捷，让江尚尧这一扑落了空。

虽然人没咬着，但江尚尧却忍着身上枪伤带来的疼痛，转身扑向离自己并不远的黄茹吉。眼见江尚尧可能会对黄茹吉造成威胁，黄鬼头二话不说，直接用从江尚尧身上缴来的左轮手枪对着江尚尧连开三枪。江尚尧瞬间失去了力气，倒在了血泊中。

七目嶂垂泪，能溪河哀鸣。党的优秀儿子江尚尧，就这样牺牲了，生命定格在27岁，鲜血染红了身上捆绑的《星火报》……

江尚尧虽然是一介文人，但他在生命最后一刻对黄茹吉、黄鬼头两人发起的冲锋却带着一股震撼人心的血性，这股血性居然让黄茹吉一下子愣了神，闭上眼都能回想起江尚尧怒目圆睁的样子。

"吉爷，这'亚红伯'的尸体要怎么处理？"黄鬼头主动向惊魂未定的黄茹吉请示道。

黄茹吉道："还能怎样？难道要给他来个风光大葬？去！用捡猪屎、狗屎的簸箕，把他抬去最显眼的地方暴尸三天，让乡民知道这就是当赤匪的下场！同时报告县政府，说我们打死了一名共产党大官，要些赏钱。"

等他们走后，黄鬼头连忙叫了几个村民，真的用当地村民捡猪屎、狗屎的簸箕，抬着江尚尧同志的尸体，放到双头墟最显眼的地方，三天后草草掩埋。

1957年，当人民政府找到江尚尧的忠骨时，他身上那捆《星火报》还在，后来遇风才化，化成朵朵红花，仿佛在祭奠烈士的亡灵。当江尚尧的骨骸被移至富丽岗山顶的黄村地区革命烈士陵园时，烈士碑上第一个名字就是"江尚尧"。

江尚尧遇难的消息传到后东特委，黄中强掩面痛哭，郑群一拳擂在桌上，召集队伍要为自己的同乡兼同学报仇，梁威林按住了他："冷静！仇是一定要报的，可现在不是时候。"

特委决定由卓扬兼任《星火报》的工作，郑群组织飞龙队摸清黄茹吉、黄鬼头的情况，择机除掉这两个双手沾满人民鲜血的恶魔。可是，黄茹吉龟缩在乡公所，防备甚严，武器又好，所以迟迟没有找到下手的机会。

康燕芬久等不见江尚尧回来，而卓扬突然兼任江尚尧的工作，近期《星火报》又刊登《如何向革命烈士学习》等文章，心里有了不好的预感，一有空就到村口往文秀塘来的小路眺望，等待丈夫的归来，可望穿双眼，江尚尧的身影也没有出现，只有山风刮起的松涛声在呜呜作响。

一个月后，卓扬和李作新代表组织如实地告诉她江尚尧牺牲的消息，康燕芬顿时悲痛欲绝，哭昏过去……

梁哥带着爱人徐嫂来看她，黄中强和娟阿婆来安慰她，其他特委领导也轮流来开导她。梁哥反复劝说她回老隆"工合"去工作，被康燕芬拒绝了，她要留在《星火报》，继续丈夫未竟的事业。

斗争环境越来越残酷了，宁山根据地遭到敌人的破坏，江尚尧的母亲哭瞎了眼睛无法带孩子，为了孩子安全成长，康燕芬听从组织的建议，通过陈景文把孩子交给一户骆姓人家寄养，当她把儿子递给骆家妹妹时，孩子放声大哭，小手紧紧地拽住她的衣襟不肯松开，康燕芬肝肠寸断，痛不欲生！她转过身，踉跄着朝《星火报》报社新址走去。

迎
头
痛
击

　　日本投降后，以蒋介石为代表的国民党统治集团倒行逆施，坚持反共反人民的立场，以和平谈判为幌子，蒙蔽和欺骗全国人民，背地里磨刀霍霍，调兵遣将，准备发动全面内战。

　　1945年9月，中共中央致电广东区党委，为了避免更大的损失，建议东江纵队采取"分散坚持"的方针，力求保存干部与实力。东江纵队根据中共广东区委关于"分散坚持"斗争的部署，从江南部队抽调一部分兵力，成立东进指挥部，在军事上实行分区指挥。卢伟良任指挥员，张廉光任政治委员。下辖第六支队和第四团、第五团。任务是：突出外线作战，开辟新区，打通同中共后东特委和韩江纵队的联系。

　　10月下旬，"双十协定"签署仅10天，国民党广州行营主任兼广东绥靖公署主任张发奎便在广州召开了"粤桂两省绥靖会议"。他召集广东、广西两省的军政首脑，布置了3个月内将华南人民抗日游击队"清剿"完毕的任务。会后，广东的国民党军动用了17个师，倾巢出动"围剿"东江纵队，一时间，南粤大地风云突变，狼烟四起。

1945年12月，由东江纵队东进部队指挥员卢伟良、政治部主任李征率领的第四团第一营（营长袁康）与梁威林率领的后东特委东江人民抗日武装自卫总队（飞龙队）150多人在紫金中心坝胜利会师。根据当时的斗争形势需要，成立了临时联合指挥部，由卢伟良任指挥员，梁威林任政委，黄中强任副指挥员，李征任政治部主任，黄布任主力团团长，统一指挥东进部队、后东飞龙队及地方武装队伍开展革命斗争。此后，两军转战后东地区，连续取得黄村、半径、八角楼、康禾等战斗的胜利。这期间，国民党63军教导团就像狗皮膏药一样紧追不舍。

1月9日上午，联合指挥部在文秀塘召开作战会议。根据情报，国民党63军教导团及联防队将于1月10日进攻宁山、文秀塘根据地。是打？是撤？两种意见相持不下。大家都把目光集中到联合指挥部总指挥卢伟良身上。

卢伟良是广东梅县人，1928年加入中国共产党，先后任中共广东省委交通员、梅州大埔交通站站长，护送过周恩来、叶剑英、刘少奇、项英、任弼时、何叔衡、林伯渠、蔡树藩等领导干部和数百名同志。1932年3月加入中国工农红军，1934年年底，卢伟良跟随红军长征，任红军总司令部一局参谋。1939年春，中共中央为加强广东东江地区抗日武装的斗争力量，把时任新四军东南局交通站站长的卢伟良调回广东，参与领导东江地区的抗日斗争。卢伟良先后担任东江纵队第三大队教导员，增（城）从（化）番（禺）游击大队大队长，东江纵队主力大队政委，东江纵队第一支队支队长，东江纵队江南指挥部指挥员、东进指挥部指挥员等职。此次奉命率第四团第一营与后东特委领导的游击队汇合，转战后东地区，开辟革命根据地。

这位身经百战的东纵指挥员环视了一下会场，胸有成竹地说："我赞成打！虽然敌人兵力优于我们，但我们有地利人和，宁山、文秀塘地势险要，易守难攻，我们有游击队和民兵参战，有良好的群众基础，我们应该抓住这个战机，给骄横的63军教导团来个迎头痛击！"

"我也赞成打！"梁威林表态。

"是该好好教训这些'外战外行、内战内行'的兔崽子！"李征愤懑地说。

黄布、郑群、黄中强等人均主张打。

会议决定，东纵负责宁山主战场，县委书记周立群带领民兵配合作战；后东特委飞龙队负责文秀塘次战场。黄村区委组织群众支持。联合指挥部设在宁山白云嶂村。

当天下午，东江纵队东进指挥部参谋长黄布带着部队到宁山布防。

宁山村山势雄伟挺拔，群峰耸列。马肩坳是进入宁山的隘口，峻崖峭壁，陡如刀削。黄布将主力布置在此，由营长袁康率一连、二连据守，三连布置在离马肩坳一公里外的山塘坳，阻击草坡岗进犯之敌，除此之外，横坑、七娘礤、老龙斗村也要布兵设防，兵力稍显不足。他皱着眉头回到了指挥部，向卢伟良汇报布防情况，说出自己的担忧："战线有点长，兵力分散，要是有地雷就好了，在一些交通要道布下地雷，既可有效杀伤敌人，又能起到预警作用，这样就能节省很多兵力了。"

"我们有地雷！"梁威林朗声答道。

"是吗？那真的太好了！"卢伟良喜出望外。

"不过这地雷是我们自己造的，杀伤力可能差些。"

在后东特委，让他们感到自豪的两样东西，那就是"文有《星火报》，武有南客寮"。南客寮是指兵工厂，设在七目嶂下南客寮村，其实是一个修械所，能制造手榴弹、地雷。由于经费紧张，原材料短缺，一直处于半停顿状态。后来游击队领导程健将舅舅罗火泰准备结婚用的钱借来，叫弟弟程维林（修械所技术员）前往韶关曲江找到国民党工兵四团副团长程佩辉（程健的堂叔），买回雷管数千支，日本产黄色炸药几百斤，运回后，藏在罗火泰家乡上嶂畲寮山中，生产了一批地雷、手榴弹。事后，后东特委偿还罗火泰稻谷10担、布10匹，使他娶回了称心的老婆。

东江纵队连夜在永新通往河底、横坑、老龙斗村的路上埋下地雷，并安排民兵警戒。

文秀塘地处山巅，四周峰峦叠嶂，山高林密。石狗脑是河源方向进入文秀塘的门户，危峰兀立，怪石嶙峋，山顶石崖势如苍龙昂首，俯瞰着上山的小路。

黄中强、郑群带着飞龙队队长、中队长来实地察看地形，张惠民得意地说："在这里把机枪一架，敌人插翅也休想上来。"与东江纵队联合作战以来，三战三捷，缴获了一批武器，卢伟良大方地把缴获的两挺机枪送给了飞龙队。

"你想把这点家当给我败光啊？"郑群吼了他一句。

然后命令他："深挖战壕，节省弹药，做好打持久战的准备，多准备石头、木段，利用山势阻击敌人。宁山战斗没结束，我们这里不得后退半步！"

"是！"张惠民大声应道。

"这两个山顶要布置瞭望哨！"黄中强指着钟鼓岭村的高寨峒和身后的观音山说。

"好，我来安排。"郑群说。

当天下午，张兆伟的教导团也进驻了黄村墟。他追了东江纵队东进部队半个多月，与卢伟良部交手数次，没占到多少便宜，几天前的半径遭遇战，更是奇耻大辱，被打得一败涂地，连心爱的坐骑也丢掉了，为此受到上峰的严厉训斥。一想到这些，张兆伟就恨得牙齿痒痒的。

伪乡长张其勋、程兰亭等人赶忙出来点头哈腰地迎接他。这段日子，张其勋、程兰亭等过得提心吊胆，度日如年。东江纵队与飞龙队三战三捷，吓得他们如惊弓之鸟，惶惶不可终日，整日龟缩在乡公所据点里不敢出来。看到张兆伟教导团的到来，顿时就像打了鸡血一样，兴奋异常。

晚上，张其勋为张兆伟设宴接风。席间，张其勋听了教导团兵分三路进攻宁山、文秀塘的作战方案后，贼眼一转说："团座，我有一个建议。"

"什么建议，说来听听！"张兆伟很感兴趣。

张其勋附在张兆伟的耳边，低声说出自己的计划。张兆伟听了，用力地拍了拍张其勋的肩膀："好！好！好！我们就来个瞒天过海、暗度陈仓！"

1946 年 1 月 10 日上午，国民党 63 军教导团张兆伟率领两个营及炮兵连，加上程兰亭的联防队共 600 多人，气势汹汹地向宁山根据地

扑来。张兆伟将指挥部设在邬洞村山坡上的学校里。九时正，张兆伟下令向马肩坳阵地开炮，一时间地动山摇，浓烟冲天，整个马肩坳笼罩在一片烟雾之中。所幸阵地空无一人，除了山顶上的观察哨，袁康带着战士们躲在山后休息。

炮击过后，张兆伟派出一个连沿着艳阳岗向马肩坳进攻。从邬洞上马肩坳只有一条弯曲小道，七弯八拐，三回九转。敌人爬到马肩坳下，触发了地雷，伴随着"轰隆隆"的爆炸声，满山的石头滚滚而下，敌人顿时死的死，伤的伤，没命地向山下逃窜。另一路沿着草坡岗向山塘坳进攻的敌人，同样被地雷炸得败下阵来。

进攻文秀塘的是63军教导团的一个加强连加上能溪乡联防队，近200人，由能溪乡出发，途经板仓向永新开来，当敌人进入永新村口老罗坪时，被在钟鼓岭村高寨垌上瞭望的飞龙队队员黄亮、黄靖看得一清二楚。黄亮让黄靖先回去向指挥部报告，他自己留在原地继续观察，当确认敌人全部向文秀塘开来时，才飞快地跑回指挥部报告情况。黄中强和郑群听说敌人没有分兵从河底村进犯宁山，都感到有些困惑。

敌人大摇大摆地向石狗脑爬来，以往扫荡文秀塘时，几乎没有遇到过抵抗，所以他们很放心。当他们快到山顶石狗脑时，郑群才下令开火，敌人被打得猝不及防，丢下几具尸体，仓皇向山下逃去。

敌人真的放弃了河底这路进攻了吗？没有。这路敌人由保八团的一个连和张其勋的联防队组成，他们从万禾村杨坑薯菇坳进入永新村，又故意晚了半个小时，因此瞒过了高寨垌观察哨，直到石狗脑战斗打响后他们才沿着能溪河朝河底村急进，这就是张其勋的"瞒天过海"

计划。快到河底村时，张其勋避开大路，从"钩油路"钻进山林。钩油是当地采割松脂的土语，"钩油路"是村民每天上山采割松脂时所走的山路，能绕过村子，不过要在山里兜来兜去，走很多冤枉路。当下张其勋带着保八团的敌人绕过了河底村和横坑村，暗度陈仓，向宁山腹地摸去。

进攻马肩坳的敌人，在炮火的掩护下，梯次向上攻击，毕竟是正规军，战斗力确实了得，武器更是精良，渐渐地逼近了阵地前沿。黄布指挥部队沉着应战，占据有利地形，居高临下阻击敌人，敌人接连三次进攻，都被东纵顽强地打了下去。由草坡岗进攻的敌人，被三连打得抬不起头来，战斗一时处于胶着状态。张兆伟见状命令部队撤到山腰，暂缓攻击，期盼张其勋"暗度陈仓"得手，一举攻下马肩坳。

石狗脑这边的战事倒是不温不火，上山的弯路又陡又急，无遮无挡，任凭63军教导团装备好火力强，也无法冲上山岗，几次攻击下来，死伤一片。飞龙队按照预定的作战方针，牢牢地控制着战局。敌连长看见正面无法进攻，决定迂回攻击，派出一个排，从公告村园山坳直插文秀塘走马排，然后合击石狗脑。然而，这股敌人在公告村刚一露头，就被观音山山顶的瞭望哨发现了，"小鬼"黄木华飞快跑下山，向指挥部报告了这一情况，程光抄起机枪，带领一个中队急跑赶到园山坳，敌人刚好爬上来，程光端起机枪一搂火，"突突突……"，骤然响起的机枪声，使敌人吓破了胆，以为是遇到了东纵主力，慌忙撤退。

却说张其勋带着的这路敌人，已经绕过了老龙斗村，时间已到中午，他们走了一个上午的山路，已是又渴又饿，此时正坐在树下休息，养精蓄锐，准备从七娘礤村突袭马肩坳。突然，山风中飘来一阵香味，

再一看，眼都直了，三个农妇各自挑着两桶粥向山上走来，那粥是用客家特制咸菜煮的，老远就能闻到咸菜的清香。走在前面的是老龙斗村妇救组长廖二嫂，她领着两个妇救队员抄近路给马肩坳的部队送饭，没想到在这里遇到了敌人，当即把粥一倒，喊声"快跑！"，三人拔腿朝七娘磜村跑去，敌连长举枪要打，张其勋急忙摆手："别开枪！不要暴露行踪。我们快走！"当下站起身，领头向马肩坳奔去。

廖二嫂跑出不远，迎面碰上李树、何桂松等人。"快，山上有敌人！"廖二嫂指着山坡说。

李树一看，山坡上面就是马肩坳，若敌人爬上山顶，突袭马肩坳，后果将不堪设想！情况万分危急，李树等人急忙开枪向山坡上的敌人射击，用枪声向马肩坳的我军示警。

黄布正纳闷敌人怎么停止了攻击，突然听到山后响起枪声，立即反应过来："不好，后面有情况！"带着一排人转到山后，对正往山上爬的敌人劈头盖脸一顿猛揍，机枪、步枪、手榴弹一齐向敌人招呼，打得敌人鬼哭狼嚎，狼狈地向老龙斗村撤去。

在邬洞指挥部的张兆伟，见马肩坳久久没有动静，知道暗度陈仓的计划已经失败，再次发起强攻。其间，敌军一个连长带着几个身手敏捷的士兵携一挺机枪，由磨刀石坑攀上陡峭的山崖，占领马肩坳的右侧山梁，架起机枪向马肩坳阵地扫射，一下子压制了东纵的火力。艳阳岗上敌人趁机往上冲。

"张思光！带上'小鬼'队，打掉敌人的机枪阵地！"黄布命令道。

"保证完成任务！"团直属特务连副连长兼"小鬼"队队长张思光大声答道。说完一招手，领着"小鬼"沿着打石排横路向敌人的机枪阵地跑去。

张思光跑得快，队员没有跟上来，他摸到敌人机枪阵地时，机枪手正在换弹匣，敌连长到旁边的树林拉屎去了，敌班长回头发现了他，举起步枪就要向他射击。张思光眼疾手快，一枪撂倒敌班长，扑上去与敌机枪手抢夺机枪，敌连长刚好从树林里钻出来，拔枪向张思光射击，张思光中弹倒下，壮烈牺牲，年仅18岁。随后赶到的"小鬼"开枪击毙了敌连长，另一个"小鬼"扑上去争夺机枪，结果被壮实的敌机枪手抱住，"小鬼"用牙咬住敌人，与敌人一起滚下山崖，同归于尽。

在督战队的威逼下，敌人突破了马肩坳前沿阵地。"上刺刀！跟敌人拼了！"袁康大喊一声，跃出战壕，带头向敌人冲去，一场白刃格斗下来，敌人被刺倒十几个，其余的连滚带爬逃下山去。

这时，卢伟良、梁威林、李征来到马肩坳阵地，从望远镜里发现了邬洞村敌军指挥部，叫来机炮排长，指着敌军指挥部说："能把它轰掉吗？"

"射程不够。"机炮排长说。

"我知道射程不够，你们可以走小路潜到草坡岗那边，靠前射击。"卢伟良对机炮排长说。

"知道了，我马上去！"

"等一等，我派一个班掩护你们。"黄布说。

卢伟良对梁威林、李征、黄布说："没想到这仗打得这么艰苦，这样拖下去对我们很不利，周边的敌人会很快围上来，我们要尽快结束战斗，脱离战场。"

"不知道文秀塘那边是什么状况？"卢伟良对梁威林说。

"放心吧，有黄中强、郑群他们在，一定守得住！我们这边战斗不结束，他们是不会后退的。说来还要感谢你们送给我们两挺机枪，使战斗力得到极大的改善。"

"要感谢的是根据地的人民，要不是他们及时发现偷袭的敌人，马肩坳可能就要失守了！"黄布心有余悸地说。

文秀塘阻击战仍处于对峙状态，敌连长躲在大柯树下，出工不出力，在等待撤退的命令，心里想：宁山那边兵强马壮，人多势众都没有攻下来，我这才一个连，又没有重武器，还能攻下文秀塘？

张其勋退到老龙斗，他可不敢在宁山根据地停留。他与保八团连长商量，提议撤退，敌连长与飞扬跋扈的教导团不是隶属关系，岂肯给教导团当炮灰，如今损兵折将，三十六计走为上计。两人一拍即合，决定退兵。张其勋不敢走横坑、河底村，他知道那里有地雷和民兵在等着他，他也不能从草坡岗撤退，要是给张兆伟知道他临阵脱逃，说不定会毙了他，他带着这股敌人从山路拐进与横坑村一山之隔的蕉坑村。

蕉坑村是红色堡垒村，山谷深处的石窝畲寮是游击队的藏身据点，山中的炭窑里，长年储存有村民为游击队准备的大米、番薯干、萝卜干、咸菜干、油、盐等食物。游击队小队长张生在石窝遭遇搜山敌人不幸殉难，班长黄火在围捕潜入村中的敌探战斗中壮烈牺牲，烈士的鲜血染红了这片热土。张其勋在空无一人的村子里坐下休息，想到唾手可得的偷袭功亏一篑，不禁仰天长叹："天不助我！"

下午四时，机炮排已潜到离敌军指挥部不远的山头，架好迫击炮，机炮排长亲自瞄准，两门炮同时开火，直接命中敌军指挥部，几个参谋被炸死，张兆伟也被弹片击伤大腿，顿时魂飞魄散，无心恋战，马上下令撤退，带着残兵败将，向黄村墟逃去。

喧闹了一天的山村突然寂静下来，硝烟散去，残阳如血。

在大柯树下坐着的敌连长，立即下令撤退。

躲在蕉坑村的张其勋和敌连长，马上开溜，临走前，恼羞成怒的敌人放火烧毁了村庄。

马肩坳一战，毙敌 100 多人，俘敌 20 多人，缴获轻机枪 4 挺、步枪 40 多支、弹药一批，打击了敌人的嚣张气焰，大振我军士气，激励了后东地区人民的革命斗志。

战斗结束后，卢伟良命令部队放弃打扫战场，连夜向五华转移，迎接新的战斗。

北撤山东

为了争取全国的和平、民主，揭露国民党反动派的内战阴谋，1945 年 8 月 28 日，以毛泽东、周恩来、王若飞为代表的中国共产党代表团，在重庆同以蒋介石为代表的国民党进行了为期 43 天的和平谈判，终于迫使国民党签署"双十协定"。国民党不得不表面上承认和平建国的基本方针和人民的某些民主权利。

但从来就不讲信用的蒋介石，在停战令发布的前三天，就发布密令，要求其军队于停战令未下达前，占领有利地点，叫嚷"停战令在长江以南不生效"，并命令广州行营主任张发奎"限于一月底肃清东江游击队"。国民党广东当局调集部队，分三路向东江下游之惠、东、宝地区进攻，妄图在军调部第八执行小组到达广州前，将东江纵队消灭。

1946 年 3 月 9 日，一位商人打扮、步履匆匆、神色警觉的中年人，拎着两个皮箱登上了香港飞往重庆的飞机。

这个人就是东江纵队的政委尹林平，他是奉周恩来的电令，紧急赶往重庆的。皮箱内装满了有关华南人民抗日武装从事敌后抗战的重要文件资料。

尹林平此行肩负着一项特殊使命，旅程险象环生。因为此趟飞机飞到广州时就突然降落了。降落后，外籍飞机师就通知机上所有乘客，因飞机需要加油，所有人包括所有行李都要下飞机。可问题是广州机场属于当时国民党的重点监控区域，机场内遍布了国民党的特务。

因飞机是外国人的飞机，国民党特务并不敢上来搜查。只要尹林平不下飞机，就不会有危险，但一下飞机的话，以尹林平的身份，国民党特务肯定能一眼就认出来。

事态紧急、危险重重，当时尹林平首先想到的是如何确保资料的安全。因为这些资料，关系着上万名抗日武装人员的生死存亡。在机上所有人都准备下飞机等待的时候，尹林平计上心头，他大声鼓噪带头提意见："你们飞机加油就加油嘛，凭什么要让我们乘客下飞机？我们买了票就应该得到应有的尊重，你们外国不是说'顾客就是上帝'吗？反正我是不下飞机，你们谁爱下谁下。"

"先生，我们飞机加油期间具有一定的危险性，我们要求乘客在飞机加油期间下机等待，只是出于安全的考虑，请配合我们的工作，谢谢。"飞机乘务员见尹林平不愿下机，于是耐心地劝解道。

可是对尹林平来说，下机才是真正的不安全，所以他自然没有理会乘务员的劝解，反而开始鼓动跟他一起乘坐飞机的乘客："飞机为什么不是提前加好油，让我们舒舒服服抵达重庆，而是要在中途加油，让我们下机站着干等呢？这样是严重损害我们乘客的利益。不管

怎么说，我花了那么多钱坐飞机可不是为了受罪的，绝对不下机，大家说说我讲得有没有道理。"

听完尹林平的话，很多机上的乘客也认为尹林平的话有理有据，自己花大价钱坐飞机，一是为了便捷，能以最快的速度前往目的地；二是为了舒服，享受火车、汽车等交通工具无法提供的舒适。于是整架飞机的乘客都被鼓动起来，纷纷嚷着不下机。

最后，外国机师见状，也怕引起乘客闹事，便接受了大家的意见，没有再要求乘客下飞机等待，加完油后，便继续飞往重庆。就这样，在9日的下午，尹林平平安、顺利地赶到了重庆。

虽然化险为夷，但尹林平的内心并不轻松。就在他赶往重庆之际，内战的阴云正在中国上空翻滚。当时，国民党为了对付共产党南粤地区的革命武装力量，在广东推行了保甲制度，采取的是株连政策，意思就是一户人家出了问题，附近的十户人家都会受到牵连。白色恐怖气氛蔓延整个南粤大地。与此同时，国民党当局还大肆散布谣言，宣称"广东境内无共军"，以图蒙蔽视听。

尹林平此次奉命赶赴重庆，正与广东的形势紧密相关。就在他抵达重庆的两天后，周恩来主持召开了中外记者招待会。尹林平在会上向中外记者公布了他携带的文件资料，以无可辩驳的事实和证据，展示了华南人民抗日武装坚持敌后抗战的战绩。

随着事实的公开，国内外舆论一片哗然，国民党当局的谣言不攻自破。迫于压力，国民党当局不得不承认华南人民抗日武装的存在，并与中共方面就北撤事宜展开谈判。

为避免内战的爆发，为粉碎国民党当局的一系列军事图谋，在坚持原则斗争的基础上，中国共产党做出了很大的让步和牺牲。随即，分布于东江南北及粤北等地的东纵各部队，奉命向大鹏湾沙鱼涌（今深圳市大鹏新区）集结，准备搭乘美国军舰，北撤烟台。

为使部队顺利集中撤退，不遭受损失，在河东地区，当中共后东特委接到广东区党委关于北撤的指示后，特委领导成员迅速分赴各地进行传达和部署。特委武装部部长郑群与河东党组织负责人周立群、河源人民自卫大队政治委员张惠民取得了联系，对北撤和北撤后河东地区的工作进行了研究和部署。对留下坚持斗争的武工队员进行了动员，强调一定要执行广东区党委的指示。由于河东地区是中共后东特委主要活动区域，抗日战争后期普遍组织武装队伍，开展公开的武装斗争，河东各级党组织的主要负责人多数已经暴露身份，除留下坚持隐蔽斗争人员外，相当一部分干部随东江纵队主力北撤或转移到香港、广州等城市。

5月底之后，中共后东特委成员分别抵达香港。随后，根据广东区党委的指示，中共后东特委召开最后一次特委扩大会议。梁威林、饶璜湘、钟俊贤、郑群、黄中强、卓扬、张日和及徐英等出席会议。会议分析了形势，明确了任务，根据广东区党委的指示，结合后东地区的实际情况，就特委领导成员如何执行新的任务做了安排。梁威林、卓扬、张日和被派往南洋开展华侨工作，加强华侨工作的领导，郑群、黄中强随东江纵队主力北撤山东，钟俊贤留任后东特委特派员，继续领导后东地区党的工作。参加北撤的后东特委领导成员、河东地方党和武工队人员有郑群、黄中强、张华基、郑重文、欧阳源、黄义中、程光、刘成章、刘光、李作新、张迅、章中、邹祖仪、欧阳波、

黄达明、黄川、黄平、叶启希、叶波、彭仪、程贵等。其中，为确保烈士遗孤的安全，江尚尧的爱人康燕芬也被安排到了北撤名单之中。

果然不出所料，国民党当局并没有放弃消灭华南中共武装的企图，准备乘北撤部队集结之际，来个"一网打尽"。而美国军舰未能如期抵达，给国民党当局实施围歼计划提供了机会。巨大的阴谋笼罩在沙鱼涌上空，北撤部队处于极度危险的境地。国民党军队剑拔弩张，开始蠢蠢欲动。

美军军舰原本要在28日到达沙鱼涌，结果因为台风未能按时抵达。根据当时美国与国民党的关系，北撤的部队疑他有诈，在行动过程中已做部署，要求部队保持警戒。

时任北平军调部第八执行小组、中共首席代表的方方少将，立即通报美军代表米勒，告知了国民党军的战略企图。与此同时，《新华日报》《解放日报》等报纸以及香港媒体，公开揭露国民党当局的图谋，抨击其倒行逆施。国民党当局的背信弃义导致群情哗然，而阴谋的败露更使其处处被动，不得不中止了围歼计划。

6月29日，大鹏湾沙鱼涌海滩上人头涌动、旗枪顶天，四乡八寨的乡亲们蜂拥而至，为北撤部队举行欢送大会，一派热闹场面。方方代表中央军委对全体北撤人员讲话说："你们打了14年日本鬼子，解放了大片国土，挽救了千百万同胞的命运！然而，日本投降了，你们却不得不离开家乡，你们为了坚决执行命令，毅然冲破一切困难，不怕牺牲，不怕艰苦，义无反顾集中北撤，说明你们纪律严明，训练有素，不愧是人民优秀的儿女，不愧是毛泽东的好学生。"

方方的这番讲话，给了在场北撤人员极大的鼓励。接着曾生司令也简要阐明北撤的意义，向乡亲们和复员战士们郑重道别："我们北撤是对国民党采取让步的转移，是为了和平民主建国，将来不久我们还会回来的！"与复员人员道别后，曾生、方方代表中共中央将绣有"和平使者"的锦旗，送给美军米勒上校。

沙鱼涌由于河流走到这里转了个弯，形成一块不大不小的河滩，海河相连，使人一眼看上去，分不清哪里是河滩，哪里是海滩。看着沙鱼涌周围平静的海面，黄中强、张华基等人的心里却久久无法平静，因为他们并不知道自己这次离开黄村，要到什么时候才能重回故里，对家乡的那份眷恋，让他们心里带着淡淡的愁绪。这淡淡的愁绪在每一个人的心里酝酿、翻涌。

"阿哥，你说我们什么时候才能回来？阿爸阿妈还有阿公在黄村没人照顾。近段时间，听说阿公身体很不好，现在黄村的形势又那个样子，我真担心阿公身体不能好起来……"一想到留在黄村文秀塘的家人，黄平就觉得心里一阵忐忑不安，生怕张其勋、程兰亭之流会对家人不利。虽然他平时在游击队表现得聪明伶俐、坚韧不拔，但说到底还只是一名20来岁的小伙子，对于在这个特殊时期离开需要照料的家人，难免内心会多一份担忧。

"放心吧阿平，走之前我已经跟周立群、张惠民那帮老战友说好了，让他们帮忙照看家里，不会有事的。"黄中强搂着弟弟黄平的肩膀，语气平淡而又有力地安慰道。虽然他心里也不免会为家里感到担心，但是他知道自己不能表现出来，现在父母不在身边，长兄为父，他必须成为弟弟黄平内心的有力支撑。

"中强、阿平，你们不用担心，文秀塘是我们黄村地区乃至后东

地区的革命圣地，我们留在黄村的同志、战友不会让那里有事的。而且，就像曾司令说的那样，我相信我们很快就会回来。像老蒋那种说话不算话的人，不用多久就会被人民推翻，我们终究会回到黄村，为我们的家乡建设而努力的。"一旁的张华基看到黄平略带情绪，也走了过来拍着黄平的肩膀安慰道，用爽朗的笑声感染着黄平。最后，张华基又补充了一句："只要你相信党，跟着党走，我们一定会走向美好的未来！"

"对，只要跟着党走，我们一定会走向美好的未来！谢谢你，华基哥。"对于张华基的安慰，黄平由衷地感谢道。当他再次看向沙鱼涌周围的大海时，眼中已经没有了之前的迷惘，而是充满了对未来的期待。

北撤，是维护国内和平，保存有生力量的一次战略性转移。同时也意味着战士们要远离一直生活、战斗的家乡，奔赴遥远而陌生的北方。

有好多战士不愿意离开部队，就趁着帮忙搬动行李、杂物或送战友上船时，一窝蜂冲上美军军舰。美军士兵见状也未加阻拦，全部予以放行，导致最后北撤比原定的 2400 人多出了不少。

6 月 30 日破晓时分，搭载着 2583 名北撤人员的三艘美军登陆舰，从深圳大鹏湾起航，开始了五天五夜的海上航行。战士们唱起《北撤进行曲》，悲壮的歌声随着海风飘荡在南海上空。

7 月 5 日清晨，北撤部队抵达烟台港，受到解放区军民的热烈欢迎。当地报纸曾这样报道："当曾生司令率部登岸时，军乐锣鼓鞭炮齐起，欢呼声盈耳不绝。"

东纵北撤取得圆满成功，成为"双十协定"签订后八个解放区中唯一一支完整建制安全撤离的部队。按照中共中央"保存华南骨干，提高干部质量"的有关指示，北撤人员经过休整，1400 余人进华东军政大学等学校学习，其余人员编成东江纵队教导团。随后东纵北撤部队整编为两广纵队，相继经历了豫东、济南、淮海等战役。

为了和平，中国共产党人做出了极大的退让与牺牲，但内战还是不可避免地爆发了。

前赴后继

为加强中共河源县委的领导，后东特委决定，由周立群同志接替江尚尧为河源县委特派员（即县委书记）。根据南方局的指示，广东省委等蒋管区的党组织，要做好"和"与"打"的两手准备。为此，后东特委专门在黄村文秀塘召开了特委全会，研究了当时的国内形势。会上，富有斗争经验的梁威林说道："同志们，伟大的抗日战争是胜利了，全国人民都渴望国共能合作，不要打内战。蒋介石也假惺惺地要和平建国，并向延安连发三次电报，请我党的毛主席、周副主席到重庆谈判，共商国是。毛主席与周副主席以弥天大勇到重庆谈判，迫使蒋介石集团签订了'双十协定'，看起来好像国共就不会打内战，将要和平建国了。但实际上，这些都是假象，蒋介石要的是独裁统治。就在'双十协定'签订后不久，蒋介石就派山西的阎锡山部队，在山西上党地区包围了八路军的刘伯承部队，又在中原地区派刘峙30万大军包围我新四军的李先念部队。国共双方内战，一触即发。"

说到此时，梁威林又提高了音量说："还是我们毛主席英明，早就看穿了蒋介石'假和平、真内战'的真面目，告诫我党的全体党员，要丢掉幻想，准备斗争。以革命的'两手'对付国民党反动派反革命的'两手'。"

在特委全会上，郑群、黄中强等特委领导也在会上回忆了在党的历史上，发生于1927年的"四一二"大屠杀、1941年的"皖南事变"、1942年的"粤北省委事件"，目的就是教育后东地区的全体共产党员，一定要警惕国民党的假和平现象，立足于斗争，做好与反动政府及蒋介石集团大干一场的准备。

会后，梁威林、郑群等特委领导亲自找到周立群，与之谈了心。

"立群同志，我们知道，江尚尧同志的牺牲，让你很是悲痛。你们俩既是老乡，又是同学，还是一同参加革命的老战友。但在此关键时期，我们希望你更要化悲愤为力量，把河源的党组织建设好，把武装力量发展起来。这样，才能慰藉尚尧同志不屈不挠的英灵啊。"梁威林拍着周立群的肩膀，亲切地关心道。

"立群，你和尚尧，还有俊贤和我，都是差不多同时受到党的教育，加入革命行列，也是抗战初期一同入党的老同志。我们都为了一个共同的革命目标，受省委委派，到后东地区开展革命工作。尚尧同志遇难，我也和你一样难过。但是我们活着的人，就要接过先烈的担子，以完成他们的遗志，把工作做得更好。"郑群也紧握着周立群的手，仿佛要透过自己的手掌，将革命的坚定信念传递给对方，给予对方力量。

周立群点了点头，沉重的神色中，隐隐间变得更加坚毅，似乎也

能感受到郑群手掌传递过来的正能量。

"对了立群，根据威林同志提议，特委决定调黄村籍的张惠民、程佩舟、李奇、邹建等同志到河源县委工作，希望你们能够互相扶持、通力合作，把武装斗争这一块尽快地抓起来，为今后残酷的斗争做好准备。"紧接着，郑群再次补充道。

"谢谢两位领导的关心，我会尽快调整好情绪，不会耽误工作的。特委如此重视河源县委的武装斗争工作，派了张惠民等同志开展武装斗争，我有信心和他们一起做出成绩，组建出一支敢打能打的队伍，决不辜负领导们的期望。"周立群听到特委调了一批能力很强，又有武装斗争经验的本地干部，充实到县委工作，瞬间信心百倍地向梁威林、郑群表态道。

1946 年 6 月 26 日晚，随着中原地区的一声炮响，被国民党 30 万大军包围的李先念、王树声的新四军部队开始突围，全国内战的序幕就此正式拉开。一时间，东北战场、西北战场、山东战场，到处都枪炮齐鸣、狼烟滚滚，一场决定中国人民命运的大决战终于打响。

战争刚开始时，国民党依仗其美式装备及优势兵力，到处横冲直撞，占领了很多解放区。而我们的人民武装为了更好地消灭敌人的有生力量，采取了有计划的战略性转移。作为国民党战略后方的广东，以广东军阀张发奎为首的广东行营，派出反动军队，大肆捕杀共产党人及东江纵队北撤后复员的游击队员。一时间，整个广东都处于一片腥风血雨的白色恐怖之中。

根据党中央及后东特委的部署，周立群将县委主要骨干分成三部分：第一部分由张惠民带队，以黄村地区为中心（包括龙川的紫市乡，紫金的中坝乡）作为游击活动区域；第二部分由程佩舟带队，以东江两岸的蓝口镇、柳城乡及东江西岸的曾田乡、上莞乡等地为主要活动区域；第三部分则由周立群亲自带着李奇等人，到康禾、黄田、义合、久社等乡开展武装斗争。

周立群亲自抓康禾等地的武装斗争，是因为他看到义合、黄田两地地处东江中游，江岸线长25公里，距离河源县城30公里，整个康禾地区方圆近百里，层峦叠嶂、连绵起伏，林多树茂、遮天蔽日，岩石峭壁、溪涧纵横，地势极为险要，十分适合游击武装开展活动。

1946年9月，周立群和到香港后又决定回来黄村坚持斗争的张惠民、李奇二人，在黄村乡黄村坳古坑，组织有李展、邹达、李松、罗志坚、梁胜、刘冠、黄华才等21人参加的武装小分队，分3个组在黄村坳镰子圳、梅陇大坑、公告3个地方活动。他们采用灵活战术，时分时合，白天在深山开荒生产、烧炭、扎扫帚、蒸樟树油出卖，以维持生活，夜间利用夜色掩护，或潜伏到贫苦大众的家中，做群众工作，向群众宣传党的政策与主张，秘密发展党员，建立党的联络点及地下网；或出动打击反动土顽、攻打当地的乡公所及地主武装，缴获枪支弹药补充游击队，先后打击了黄村乡反动乡长张其勋和警察署巡官张秀生，杀了叶潭乡反动保长邹廷枚和国民党黄村乡原副乡长钟汉渊，抓了叶潭乡副乡长兼双头联防队主任黄毅生，最后因黄毅生民愤极大，根据群众的要求处决了黄毅生。同年年底，周立群、张惠民、李奇将武装小分队合兵一处，围攻康禾乡的前乡长、反动地方武装势力具炳尧的老巢。在打死具炳尧的同时，缴获了2支驳壳枪、近10支步枪，还有大批粮食，极大地震慑了当地的反动势力，鼓舞了当地农民

反抗国民党反动派统治的斗志。

武装小分队的活动，打击了敌人的反革命气焰，安定了民心，鼓舞了群众斗志，保护了复员军人。随后其他一些在当地无法隐蔽的复员军人，又陆续参加武装小分队，武装队伍不断壮大，更好地打击了敌人。

为了提高黄村地区武装小分队的战斗力，在河西的王彪除了派陈苏率领潘松、甄锦尧、黄友仔、肖志光、张丁开、王彩娥等同志过河东，担负武装队伍中队排、班级领导，协助河东武装小分队开展活动外，还通知河东部队分批先后过河西，与河西东纵复员军人自卫队一起打仗，提高了战斗力。

在此期间，周立群事必躬亲，大事小事都亲力亲为，没有半点马虎。看到周立群每天都不要命地工作，李奇不忍地对周立群说道："周特派员，列宁同志曾说过'身体是革命的本钱'，你真不能这样没日没夜地工作了。再这样下去，我怕你的身体会吃不消。同志们都叫我来劝你，让你多注意休息。"

"李奇同志，你知道江尚尧同志的事迹吗？我们作为共产党人，作为艰苦卓绝奋斗中的幸存者，应该将所有的生命和时间，都用在完成英烈们没有来得及完成的工作上。这样才能对得起英烈们所付出的鲜血和生命。我现在是恨不得一个人变作两个人，一天变成两天地工作，期盼中国革命早日取得成功，告慰烈士们的在天之灵。"周立群语重心长地说道。这番话，既像是在对李奇说，又像是为鼓励自己而说。虽然他的眼窝已经很深，神情上显露出一丝疲惫，但他那坚定不移的精神，却深深震撼了李奇，让李奇无法继续劝阻他工作。不仅如此，李奇最后被周立群的人格魅力所感染，成了第二个周立群，凡事必定冲在第一线。

革命者的言行是一致的。周立群带着游击队，神出鬼没地袭击国民党的反动军队，采取打得赢就打，打不赢就跑的战略，牢记毛泽东主席的"敌进我退，敌驻我扰，敌疲我打，敌退我追"的游击十六字方针。在大山里与敌周旋，把一众反革命的小丑打得是叫苦连天、鬼哭狼嚎。

1946年11月，那一年的冬天特别寒冷。在一个月明星稀的深夜，北风呼呼地吹着，周立群带着一支30多人的队伍，包围了位于康禾田心的诸金荣、诸天庆反动地主家。根据平时掌握的情报，该反动地主家有10多支步枪，而且手上血债累累。如果能在为康禾群众伸冤的同时，缴获地主家的这批武装，对于急于扩大武装队伍的游击队来说，无疑将是如虎添翼，岂不美哉。

周立群带着队伍到达目的地后，就着手布置包围圈，准备等天一亮趁地主武装不备，一举攻占该地主的屋子。待得屋前包围圈安排好后，周立群就带着他的警卫员，到该屋的背面去侦察地形。可当周立群刚到屋后不久，突然就"砰"的一声枪响，只见周立群左胸中弹，倒在了血泊之中。

原来，当周立群带队悄无声息地包围该屋时，就已经被地主家的武装人员给发现了。他们不动声色，全都躲在暗处监视着游击队的一举一动。当周立群带着警卫员来到屋后侦察地形时，他们估摸着周立群应该是这帮游击队中的领头人，而且也离得够近，便直接来个"将军"，想以此打击游击队的士气。

看到周立群中枪倒地，李奇几个箭步就跑到了周立群身边，抱起周立群后便和警卫员一起快速退到安全的地方，边退边对周立群大声呼唤："周特派员，周特派员，你快醒醒，快醒醒！"

"李奇同志，现在被敌人发现了，我们又没有攻坚武器，为了减少不必要的伤亡，你去下命令撤出战斗吧。"周立群耗尽最后一口气，下达了撤出战斗的命令，就此壮烈牺牲。他到死的那一刻，想的还是党的事业、游击队的安危，从来没想个人……

李奇看着怀中牺牲的周立群，再环顾四周的战士们，战士们个个手握钢枪，立誓要为周立群书记报仇。李奇双目怒瞪着地主屋子的方向，没有听从周立群的临终之言，断然命令小鬼班的班长邬培，带着他的小鬼班强攻。邬培挥着驳壳枪身先士卒，队伍在牺牲两名战士后，成功活捉了诸天庆，可惜，让诸金荣给逃脱了。

战斗结束后，李奇强忍悲伤，下达了撤退的命令，李奇一行人抬着周立群的遗体，冒着刺骨的寒风，趁天还没大亮，撤回山里去了。

出师未捷身先死，长使英雄泪满襟。从 1945 年 10 月到 1946 年 11 月，短短一年左右的时间，在粤东黄村地区就牺牲了两位共产党的优秀县委书记，可见斗争是何等残酷。但是烈士们的鲜血不会白流，他们燃起的武装斗争的星星之火，终于在 1949 年年初形成了燎原之势。张惠民率领的飞虎队、程佩舟率领的白虎队以及李奇率领的紫河大队，都成了东二支队四团的主力部队，为后来全面发展武装斗争，建立根据地打下了良好的基础。

激战欧村

1947 年下半年，国民党在全国的全面进攻遭到人民解放军的坚决抗击，彻底粉碎了国民党蒋介石在三个月内消灭共产党军队的幻想。面对全国到处损兵折将的局面，国民党被逼从全面进攻，改为重点向陕北延安、山东等解放区进攻。一时间，华南广大地区国民党的兵力较之前全面进攻时期空虚了许多。

为加强华南地区的武装力量，党中央派遣了一大批原随东江纵队北撤山东的领导干部，重新回到广东，回到东江地区，领导粤东地区的武装斗争工作。黄村籍的黄中强、张华基等一批领导同志，就是在这段时间回到东江地区工作的。

由于加强了武装斗争的领导，再加上黄村地区有很好的群众基础及生存环境，到了下半年，除黄村墟镇的少数据点外，靠大山的村庄基本成了共产党的天下，个别村庄已开始为贫苦农民搞分田试点了。

被困在黄村墟的伪乡长张其勋及伪自卫队大队长程兰亭等人，急得像热锅上的蚂蚁团团转。虽然他们有近两百人，枪支、武器、装备

也算上乘，但就是不敢离开黄村墟据点半步。生怕一旦离开据点，就会遭到游击队的伏击。所以，他们只得一级级上报国民党政府，要求派兵进剿黄村地区的共产党游击队。

国民党广东剿共行营司令长官张发奎，面对从粤东、粤中、粤西及琼崖送来的这么多需要他派兵镇压的电报，也是好一阵焦头烂额，哪里顾得上张其勋等人的求援，哪里顾得上黄村地区的游击队？仅仅不到半年时间，到处都是共产党武装反抗的消息，搞得他和他的部队疲于奔命、心力交瘁，根本应付不过来。

可是，广东人民反抗蒋介石集团的武装斗争，也极大地震惊了蒋介石本人。他给张发奎下死命令，限其在半年内消灭共产党在广东的武装力量，否则，就要将张发奎撤职查办（半年后，张发奎因所谓剿匪不力，果真遭到蒋介石撤职，改派宋子文担任广东省政府主席）。

张发奎为了保住他的"乌纱帽"以及"南粤王"的地位，硬着头皮尽量派出手底下的精锐部队进剿共产党的武装力量。其中，国民党196师进驻龙川县城，并以龙川县城为辐射点，进剿东江上游的共产党游击区。

国民党196师少将师长葛先才是国民党的反动军官，他把他下面三个团的兵力，从河源的蓝口镇、龙川佗城再到老隆县城一字排开，放在蓝口镇的那一团兵力，就是配合当地反动武装进剿黄村地区游击队的主力。

1947年10月的一天下午，在距离黄村墟不远的欧村，已是飞虎队中队长的张潭，正带着他的通讯员，在这里检查民兵的训练工作。

走在家乡熟悉的小道上，看见小路两边稻田里的水稻正在抽穗，看样子今年将是个丰收年，张潭感到说不出的高兴。

自从参加三洞村乌泥坑集训后，特别是在叶潭乡文径村伏击黄茹吉的反动民团后，张潭的战斗生涯也同当时国内斗争形势一样此起彼伏。抗战胜利，主力部队北撤山东，党组织却指示他和张惠民等人潜伏下来，等待时机。现在好了，北撤的领导黄中强、张华基等人也回来了，恢复了后东地区的武装斗争。张惠民被命令为飞虎队的大队长，而他则成为飞虎队一中队的中队长。这次，他就是根据张惠民大队长的指示，到欧村、梅陇村检查并训练民兵工作的。

张潭集中了欧村的7名民兵，在欧村附近的富丽岗小山上训练。当张潭正带领众人训练时，负责放哨的通讯员跑来向他报告，说张其勋、程兰亭带了很多国民党的正规军，正往梅陇方向行进。

原来张其勋收到密报，中共后东特委在梅陇石楼（原梅陇村小学）开设黄村地区民兵训练基地，经常有上百民兵在那里进行军事训练，领头的是黄德安、李树。当国民党196师的兵力一到蓝口后，张其勋就想借其主力部队，一举剿灭民兵训练基地，制造黄村地区的第二起饥饿团事件。

张其勋的计划，受到196师驻扎蓝口的伪团长高度认可。因为在196师的作战会上，老奸巨猾的反共老手葛先才强调了这次进剿共产党游击队的突然性，就是要共产党的游击队在没有防备的情况下，以泰山压顶、雷霆万钧之势，给这片地区的共产党武装、游击队和基本群众以致命一击，达到一举扑灭革命武装的目的。张其勋献的毒计可以说跟葛先才的部署不谋而合。于是驻蓝口的伪团长亲自带队，在张其

勋、程兰亭等带领的民团的配合下，不走平时村民惯走的大路，专挑靠山边的小路，妄图奇袭石楼民兵训练基地。但让他们没想到的是，他们这路人马正巧被富丽岗上训练欧村民兵的张潭他们给发现。张潭心想："这帮白匪往这个方向走，肯定是想去袭击梅陇石楼，那里的民兵虽多，但武器甚少，大部分人训练都是用木头枪、红缨枪顶替。如果让这帮白狗子偷袭得手，将对我党武装力量造成重大损失。"为了保护石楼的民兵训练基地，张潭果断开枪袭击196师的部队，以枪声示警，将敌人引向富丽岗。

张潭的示警枪声划破空旷的富丽岗上空，这让离此不远的石楼处，正在组织民兵训练的黄德安、李树知道出现了敌情，立即组织200多名民兵往三寨坑大山方向有计划地转移，使张其勋消灭梅陇石楼民兵训练基地的阴谋落空。

"怎么回事？富丽岗上怎么会传来枪声？"程兰亭眼看部队离石楼只剩一两公里的路程，马上就可以把石楼的民兵基地一网打尽，现在却因为枪声而功亏一篑，不由得怒骂道。

"我们应该是被附近的赤匪发现了。团座，依我之见，贵部可以留一个营的人马和我们一起把那些示警的共匪抓住，而大部队则继续向石楼扫荡，看能不能撵上那些共匪。"张其勋知道这次秘密进剿肯定不能如预期般大获全胜了。不过他不像程兰亭般只顾一味发怒，而是提议能抓多少是多少。

"那好，我留一营给你，务必要抓到破坏咱们好事的共匪！"

伪团长带人走后，张其勋利用自己对富丽岗附近地形熟悉这一优势，为伪营长谋划了几条包围的路线。很快，张潭等人就被包围在了富丽岗上。

看到略施小计，就轻易地围到共产党近十名武装人员，张其勋和程兰亭都不禁窃喜，忙向196师带队的少校营长献媚道："长官，贵部果然不愧是精锐中的精锐，有你们在我看他们绝对插翅难飞！"

"打这些共产党，我们师座可有经验了。虽然这次未能全功，但我们大军进剿，这些土八路迟早会被消灭。"那营长下巴抬起、眼睛上翻，一副嚣张狂妄的样子回答道。

"那是，那是，区区几个共匪，当然翻不出师座的手掌心。"张其勋奉承了几句后，眼珠子一转，便献上一计："在我们几百人的包围下，他们几个人就是小菜一碟，翻不起多大的浪，我看不如也向共产党学习学习，优待俘虏，叫他们放下枪投降，缴枪不杀。"

"好吧，只要这些人肯放下武器，我们倒也不是不能优待俘虏，毕竟大家都是中国人。你去喊话吧，如果能够成功劝降，我算你头功。"营长同意了张其勋的计策。其实从营长的话中也不难听出，他也不想国家内战，自家人打自家人算什么事？可是他作为一个小小的营长，只能服从上面的命令行事。

"好嘞！"见到自己的计策被采纳，张其勋欣喜地扯开嗓子，对着山上的张潭等人喊道："山上的'亚红伯'听着，只要你们放下武器，我们绝对优待俘虏，缴枪不杀。但是如果你们不识好歹，要与政府作对，那今天就是死路一条！"

富丽岗上，张潭看着山下包围的敌人把向大山里撤退的路也堵死了，现在唯一的退路只有退向欧村。而且，除了张潭自己外，身边的民兵都没有战斗经验，再加山上山下那么多的敌人，他一时间也有点

不知该如何是好。张潭都尚且如此，其他民兵就更加不知所措了，全都腿脚发抖，纷纷把目光投向张潭，希望他能拿出主意。

"同志们，不要听信反动派的胡言乱语，他们只是想更加轻松地抓住我们而已。现在不是怕的时候，我们越怕就死得越快。如果我们不怕死，肯奋力一搏，至少还有生的希望。我听过一句话，叫狭路相逢勇者胜，跟我往欧村突围，冲啊！"张潭拿起他的驳壳枪，朝山下敌人包围圈连放两枪，随后便带着队伍朝山下欧村冲去。

山下的敌人做梦也没想到，张潭他们就那么几个人、几支枪，不但不投降，居然还敢向山下欧村跑去。还没等敌人反应过来，张潭已带着他的队伍冲到村庄里去了。

当张潭的队伍冲到欧村时，迎面又冲出来一批敌人。这帮敌人截住他们的去路后，便马上开枪，没有任何犹豫。幸好张潭几人反应迅速，在对方举枪前就近找到掩体躲在了掩体后面。现在他们从刚才的三面环敌变成了四面楚歌，看来敌人一开始就是围三缺一，故意放他们进来的。现在他们连居高临下的优势都没有了……

在强敌面前，张潭边躲在墙后还击，边飞快地思索该如何带队离开。幸好，张潭是本村人，对欧村的地形地貌非常熟悉，借着地势之利，他们或许可以跟敌人周旋一二。只见他做了几个手势，随后就带着其余众人迅速往不远处一栋比较坚固的房子跑去。一进房子，张潭立即命令队员把大门关死，自己则是趴在大门内的狗洞边上，拿起一支步枪，朝屋外追来的敌人射击。

"砰、砰、砰……"一连七声枪响，枪枪命中，一瞬间就干倒了7个敌人。营长从后面追来，见状，立刻命令屋前士兵停止进攻。

"长官，从大门进攻看来会损失惨重，要不我们绕到屋后去，看看能否从那里进攻，减少伤亡。"张其勋见状，立马又跳了出来献计道。

"好，一排长，你带着你的人绕到后面去进攻。"营长从善如流，他从刚才张潭那几枪可以判断出，对方是一名神枪手，从正面强攻即便能抓到人，也会伤亡不少，所以采纳了张其勋的计谋。

就在敌人部署兵力时，张潭也在屋内进行着排兵布阵。他也预计到，在前门打倒这么多的敌兵后，敌人暂时肯定不会从前门发动进攻，而会绕到屋后发起攻击。于是他让通讯员拿着步枪趴在狗洞边监视敌人的动向，动员其他民兵把能用来顶住大门的桌子、凳子等重物全部拿来顶在大门口，而他则带着两个民兵上了二楼，到屋后的窗口监视敌人去了。

张潭他们上到二楼不久，在屋子后面的小胡同里，一个排的敌人已逼近屋子。只见张潭又一个手势，三支枪便一起对外开火，打趴下了一部分敌人，剩下的连忙往后撤退，离开张潭他们的射击范围。

张潭见屋后的敌人退去，便留下两人进行监视，他自己则又跑到大门口狗洞这边，观察敌人的动向。

就在张潭通过狗洞观察敌情时，他看见刚才在屋后指挥进攻的指挥官，正在向一个头戴大圆帽、看起来就像大官的人报告。而那敌军官身边还跟着张其勋、程兰亭在那点头哈腰。聪明的张潭马上判断出，那头戴大圆帽的家伙肯定是敌人的现场最高指挥官。他估算了一下射击距离，对方刚好站在步枪有效杀伤射程的边边上。这个距离，若要打中，全凭运气。

"拼一拼吧，拼掉一名反动派军官，那就不亏了！"张潭想到就做，端起长长的中正步枪，深呼吸、瞄准、开枪。"砰"的一声，营长应声而倒，身上的国民党军服破了个洞，军绿色的呢子大衣逐渐变得越来越深。

"不好啦，'亚红伯'把营长打死了。"不一会儿，敌人阵地爆发一阵骚乱。战斗打到此时，张潭才总算松了口气，翻过身来靠在大门上对民兵们笑了笑。

这栋屋子其实是张潭堂兄张惠民的屋子，屋子里的一切他都非常熟悉。因欧村靠国民党黄村据点非常近，所以张惠民的家人根本不敢在屋里住，怕受到反动势力的迫害，才空在这里的。

现在暂时击毙敌人最高指挥官，张潭料定对方应该很长一段时间不会再组织进攻，于是便对民兵们说道："大家去找找看有什么好吃的，不用怕违反'三大纪律，八项注意'，因为这栋屋子是我堂兄的，说起来也算是我的，就当我请同志们吃饭好了。"

经过大家寻找，除了找到一些米外，竟然还在鸡笼里找到了一只老母鸡，把张潭这个刚经历了一场生死搏杀、又累又饿的人乐得合不拢嘴。看他完全不把外面几百名国民党兵当一回事，其他民兵的心也不由得镇定了许多。张潭招呼同志们煮水杀鸡，煲鸡肉粥吃，等他们吃饱肚子后，已是深夜十一点钟了。

屋外的敌人自从营长被打死后，团长也来到了欧村现场。他看到自己的得力干将及20多名士兵的尸体，一时间也搞不清楚屋内的情况，所以下令晚上不许进攻，等明天天亮后再进攻。

"团座您看，屋里的烟囱正在冒着浓烟，看来他们正在里面做饭吃，我猜那群'亚红伯'肯定不止明面上那么点人，恐怕会有几十人在里面等着我们呢。"

"我也是这么想的，里面肯定藏了很多共匪，不然他们怎么敢在几百人包围下肆无忌惮地做饭？等明天天亮再一鼓作气端掉这个匪窝，到时谁打死的共匪多，重重有赏。"团长自作聪明，布置好警戒线及封锁线后，便回黄村墟快活去了。

此时，屋内的张潭也在一楼房间走来走去，苦苦思索突围之策。在走到东边的窗户，通过窗口看到屋外挨着围墙的田野里那黑漆漆一片的稻田时（黑夜时的视野），顿时计上心头。"这些禾苗那么高（约有六十公分），又紧挨着围墙，不正是最好的掩护吗？"

主意一定，张潭就让同志们赶快重新烧煮一大锅水，水煮开后就让人把沸水一瓢一瓢地往东边的石灰墙上浇，浇一瓢水就用锄头挖一下石灰墙。说也奇怪，用开水浇过的石灰墙，即便用锄头猛烈挖动，也不会产生很大的声响。约莫半个小时后，屋子东边的石灰墙就被众人挖开一个约五十公分的大口子，并且没有惊动外面留守的敌人。

凌晨四点，是人体最困倦的时候，张潭估计这时包围的敌人应该都在打瞌睡，警惕性不高，于是他把队员们集合好，带头第一个钻出洞口，很快消失在屋外的稻田里。有了张潭做榜样，其他队员也学着张潭的姿势爬出洞口，所有人迅速脱离了最危险的包围圈。

次日天一亮，团长亲自指挥几百名士兵，既投弹，又放枪，还特意搬来一大堆柴火，点燃了张惠民的屋子，想用火攻，闹出很大的阵仗。可奇怪的是，在整个过程中屋内都是静悄悄的，没有任何

动静。待大火熄灭后，他们派人进入屋内寻找，却不见一具尸体，只在地上发现几根吃剩的鸡骨头，除了证明这里曾经有人来过外，一无所获。

白
色
恐
怖

国民党的196师进占黄村没多久，就在欧村损兵折将，被张潭击毙了包括营长在内20多人，气得团长直跳脚："他妈的，真是穷山恶水出刁民，黄村人被共产党洗脑洗得太厉害了。不行，我要杀一儆百、以儆效尤，看谁还敢跟共产党跑。"

"团座说得甚是，蒋委员长曾经说过'对共产党人宁可错杀三千，也不放跑一人'，这次借着196师的军威，就应该对闹红比较厉害的永新、宁山、板仓、三洞等村进行大扫荡。同时，我们还可以用连坐法，把他们烧光、抢光、杀光，看谁今后还敢反抗国民政府！"看着团长怒发冲冠的样子，程兰亭在一旁非常狗腿地附和道。

自欧村遭遇战后，国民党196师兵分三路，对黄村地区的正副乡长张其勋、李贯英以及伪自卫队大队长程兰亭委以重任，由他们各带一个中队的乡丁，配合国民党的正规军进行扫荡，向以山区为主的黄村上半乡杀去。

张其勋、李贯英和程兰亭三人各领一支扫荡队伍，分别负责三个

方向的扫荡。他们三人带领的扫荡队伍，带给了黄村地区人民历时最久、范围最广、损失最严重的扫荡。烧、杀、抢、掠，强奸妇女，无所不为，黄村人民遭受了一次有史以来的大浩劫。

首先说说张其勋带领的这路进剿军的配置，有国民党正规军的两个连，加上伪自卫队的乡丁近三百人。他们每次出动，所有人都杀气腾腾，对任何有嫌疑的人都抓回去再说，根本不讲证据。当然，即便没有嫌疑，只要张其勋看上眼的，也会被安上"通共"的罪名带走，幸运的或许还能通过家里人打点一二给放出来，不幸运的可能就被当场打死。

张其勋带领的队伍，最常扫荡的地方是永新的文秀塘村。这里曾是中共后东特委所在地，后东特委的领导梁威林、郑群、黄中强长期以此为根据地，指挥整个后东地区的革命工作。共产党后东特委的机关报《星火报》报址及秘密电台都曾设在此地，更为重要的是，文秀塘村是共产党在黄村地区代表人物黄中强、黄平的家。所以，张其勋每次带队扫荡，永新的文秀塘村都是国民党进剿的重点。

因为文秀塘对于后东特委的重要性，所以每次扫荡这里，张其勋都会带齐人马，有300多人。300多人的队伍，每次都将文秀塘里三层、外三层包围起来。但是由于地下组织支部在张其勋扫荡前，每次都能通过邹华、曾松茂等人的秘密渠道得到消息，提前安排坚壁清野，娟阿婆等村民次次都及时躲到大山里去，避开张其勋伸出的魔掌。

在某次来到文秀塘扫荡时，张其勋看到的又是屋在人空的场景，他很不甘心，一会儿说共产党的枪支、电台藏在黄中强祖父黄甲的地坟里，一会儿又说村里很多地坟的棺材里都藏着共产党的秘密。于是乎，在张其勋的指挥下，国民党的士兵干出了一件天怒人怨的事情——掘人祖坟！要知道，掘人祖坟这种事在我们中华民族的观念中已算最伤天害理的行径。但是张其勋根本不在意这些，他只想找到共产党人的秘密，从而在国民党政府面前邀功。可惜，当他们把文秀塘一带的地坟都挖了一遍后，却发现里面除了当地村民先人的遗骨外，什么也没有。一无所获的张其勋生气之下，直接就让这些先人遗骨全都暴露荒野，实在是不当人子！

不过，恼羞成怒的张其勋并不甘心就这样收兵，他心中暗想，如果自己折腾了那么久却竹篮子打水——一场空的话，回去并不好交代，而且国民党正规军带队的营长也会轻视他。于是他又心生一计，眼中泛起一丝狠厉，与营长说道："跑得了和尚跑不了庙，烧、烧、烧！找不到他们人，也要让他们感到肉痛。"连说三个"烧"字，每个"烧"都说得咬牙切齿，可见他内心对共产党有多恨。

营长也不是什么好人，同意了张其勋的提议。不一会儿，整个文秀塘村的所有屋子都熊熊燃烧起来，滚滚的浓烟方圆几里都能看到。在一片炽烈的火光中，张其勋带领着所谓的进剿兵，把村里能抢来带走的值钱东西，统统打包，拍拍屁股，扬长而去。

张其勋带着这支进剿军，烧了永新文秀塘村后，顺道又洗劫了邻近的板仓村。板仓村也像文秀塘一样，地下组织也将游击队亲属转移到山上躲避了。所以张其勋再次一无所获，只好又把板仓村中几位有名气的共产党员和游击队员的屋子给放火烧掉，其中，黄德安的屋子作为后东特委的重要联络站，经常为部队筹集粮、钱、药等重要物资而名声太响，所以第一时间被冲天火光和滚滚浓烟给吞没掉。唯独黄

占先、黄义中、黄志中三兄弟的屋子在村民们的保护下得以幸免。当张其勋问及当地村民黄占先屋子的具体位置时，村民们都把比较破旧的屋子，说成是黄占先的屋子。

当张其勋带着队伍撤退路经万禾村时，这个一肚子坏水的家伙一看见路边的丘屋围，又突然想起丘屋围也出过"亚红伯"丘国章、丘启文。"那些'亚红伯'会不会藏在这里？"于是他又下令，命手下部队将丘屋围给包围了。包围丘屋围后，他就封锁了整个丘屋围村的进出，所有村民都只许进、不许出，心里则是暗道："要是再找不到一两个'亚红伯'交差，就把丘国章和丘启文等人的屋子烧掉，回去交差。"

"乡长，跟你报告一个好消息，我们抓到了红小鬼丘兴的母亲曾六，她就在那边。"顺着来汇报的乡丁手指方向望去，张其勋看到一名被乡丁们抓住的农妇在一栋屋子前，正死命地挣扎，嘴里说着骂人的话。

带了这么多人和枪出来扫荡却只烧了屋子的张其勋，看到自己手下终于抓到人，立即像打了鸡血般兴奋起来。虽说对方并不是共产党员，但她儿子是共产党员啊。怎么说也算是收获。只见他兴冲冲地带着一帮手下来到曾六面前，对着曾六上下打量。

本来曾六也曾接到地下组织的通知，要她到山里面躲躲。天亮前，她也确实跑到山上躲了起来。但是整个上午过去了，她从山上遥望自己村子好像没有什么动静，就以为无事，便下山回到家中。谁承想，刚回家中没多久，张其勋就带着人把丘屋围给包围了，把她堵在了村子里。

"米人，把这个红军婆给我绑到晒衫杆上（黄村土话，晾衣杆）。"看着眼前全身衣着打满补丁、满脸皱纹的农村妇女，张其勋立马耀武扬威地阴险笑道。笑着笑着，张其勋笑容一敛，凶神恶煞地就给了曾六几个耳光，边打边骂地说道："红军婆，你知道你儿子多厉害吗？听说他手使双枪能百步穿杨，打死了我们很多兄弟。是不是觉得自己很威风，生出那么厉害的儿子？我跟你说，你今天被抓，全赖你那厉害儿子！敢跟政府作对，真的不知道'死'字怎么写。话说回来，如果你肯答应把你儿子丘兴叫回来，向政府投诚，我不但不为难你，还要给你儿子中队长干干，让你们母子俩享受荣华富贵。"

"呸。"被绑在杆子上的曾六如今满嘴是血，全是刚才张其勋打出来的。但她眼中透着一股决然，趁张其勋不注意，对着他的脸猛吐了一口带血的口水。曾六吐完张其勋口水后，抬起了她那不屈的头颅看都不看暴跳如雷的张其勋，而是看向远方，仿佛能通过远方的群山看到自己的儿子丘兴，在用手中的双枪英勇地击毙国民党反动派的爪牙，为穷苦人民打天下的样子。

丘兴也像千千万万革命者一样，从小就以族兄丘国章、丘启文等人为榜样，想要做一个出色的革命者。他16岁参军，不到一年的时间就成为游击队小鬼班的班长，并学会使双枪，成为威震一方的小英雄。

这样的小英雄，自然是母亲曾六的骄傲。曾六被抓后自知今天必然无法幸免，所以干脆抛下心中所有的怯懦，勇敢面对张其勋这个恶魔。她不能给自己儿子丢脸，儿子是小英雄，儿子他娘也是英雄！

"你敢吐我口水？我看你是不想活了！"张其勋用手帕抹了一下脸，气急败坏地说道，"现在连一个小小的红军婆都敢不把我这个乡

长放在眼里了是吧？好，很好，非常好。来人！把这个村子里的所有人都带到这里来，看我如何生剐（黄村土话，本义是宰杀，是指把动物由肚皮切开，再去除内脏）了这个红军婆。"

"张其勋，你这个打靶鬼、石坝砸（两词皆为黄村土话，意思是该死的人）的恶魔，你给我记住，我儿子一定会为我报仇的。"曾六视死如归地咒骂着张其勋，嘴里不停地念叨"打靶鬼、石坝砸"。

在张其勋的吆喝声和曾六的咒骂声中，整个丘屋围的村民全都被驱赶到丘兴的屋子外面。村民到齐后，张其勋命令他手下乡丁把曾六的上衣给扒了，然后在众目睽睽下用刺刀割下了曾六的一双乳房。一时间鲜血淋漓、血溅当场，曾六不一会儿就成了一个血人。

看到如此恐怖的场面，空气都仿佛凝固了。现场除了张其勋的奸笑声、曾六的呻吟声外，再无别的声音，一片阴森可怖的景象。要知道，同个村子的人，都是有着千丝万缕的关系的，有的村民甚至跟曾六有着血缘关系。看到亲人被这样折磨、残杀，村民们的愤怒可想而知。但面对国民党反动派那黑洞洞的枪口，再愤怒、再想反抗又能如何呢？

"这就是做红军婆的下场，以后，谁要是再敢通共，杀无赦！"张其勋瞥了眼血尽气绝的曾六，对周围围观的村民恫吓道。恫吓完后，张其勋又叫人把丘国章、丘启文、丘兴等人的屋子给放火烧掉，然后才带着一众喽啰大摇大摆地离开万禾村丘屋围。

话分两头，程兰亭带的另一支进剿军却是负责宁山、邬洞村方向。这帮匪徒在宁山村，见人就开枪，见屋子就烧，说是宁山赤化严重，要换人种，"扫帚过三刀，石头用火烧"这句话形容他们的行为一点不为过。程兰亭的所作所为比张其勋的恶行有过之而无不及。

原本，宁山村村民也接到地下组织通知，大部分都躲到大山中去了。但是还有一小部分留在了家中，一是因为年纪偏大，而且觉得与共产党没有联系，是老实本分的人，不怕国民党的白兵来搜；二是因为他们也压根没有想到这些国民党兵居然那么丧心病狂，逢人便开枪，连解释的机会都不给他们。

就这样，留在村里的无辜村民遭遇了灭顶之灾，全都被程兰亭所带领的毫无人性的进剿兵给杀害了。杀完人后，程兰亭跟张其勋做了同样的事情，命人放火烧屋。整个宁山村也跟文秀塘一样，被一片火光和浓烟吞没。烧完屋子，程兰亭就带着地上的五六具尸体回去领赏了。

最后，李贯英带领的进剿兵则是负责三洞村方向。这支队伍也与前两支队伍的做法如出一辙，杀人、放火，无恶不作。三洞村的境况也不比其他地方好多少，也是燃起了熊熊烈焰。反正就是一句话，进剿军过境，一片愁云惨淡、一片日月无光……

据新中国成立后统计，黄中强、张华基、张惠民等一大批共产党在黄村地区的头面人物及其亲属的屋子都曾被国民党反动军队大烧3次，永新文秀塘、宁山白云嶂、板仓被大大小小进剿48次。

那段时间，因革命形势发展迅速而被共产党游击队及贫农协会逼到黄村墟躲藏起来的当地反动人员，着到这次有国民党大军撑腰，也纷纷神气起来、狐假虎威，带着国民党兵和乡丁回到村子里，指着这个说是红军家属，指着那个说是农会干部，到处抓人。黄村墟的国民政府据点里，一下子就抓了几百名所谓的"共产党人"。

抓了这么多的"犯人"，张其勋伙同程兰亭勾结反动军官，大肆敲诈勒索百姓钱财。钱送得多的，就可以把人放了；没有钱赎人的，

就直接押到东门桥下，枪杀了事。所以，在那段时间里，黄村地区天天都能听到枪响，国民党兵天天有人下村里烧房子，每条村子天天都死人。

什么叫白色恐怖？什么叫还乡团？什么叫人间地狱？黄村人民在那期间都切切实实地遭受到了个中苦难和人生折磨。正所谓官逼民反，黄村人民在国民党高压下的反抗，就像火山喷发的前夕一样，不断积蓄、不断累积，最后将会一发不可收拾。

艰苦岁月

　　面对国民党集结而来具有优越军事装备的强大兵力，我党在黄村地区的飞龙游击队未免感到力不从心，难以抗敌。为了保存兵力，有效地打击敌人，上级领导及时果断地将河东地区飞龙队、飞虎队和白虎队等几支主力部队临时转移到河西，只留少数精英骨干在河东坚持斗争。此时，受到敌人反动气焰的影响，河东地区的革命形势也暂时陷入了低潮，穷凶极恶的敌人趁机对黄村地区人民采取了一系列的高压政策，致使留在黄村地区大山之中的游击队，特别是游击队所属医疗所所长丘启文带领的包括医务、警卫人员，以及治疗中的伤病员一共30多人，更是处于极度艰难的困境之中。

　　狡猾的敌人为了将大山里的共产党员困死、饿死，专门编造了十户人连坐法的保甲制度，也就是"一户通匪，十户连坐，都要受罚"，以此来恐吓所有村民不敢出来以任何方式去接济、帮助游击队。同时，所有通往三洞、三磜坑、祝岗、石子崖、宁山、永新、板仓的山路，通通设关卡哨所，严禁携带粮食、药品，特别是油盐等生

活用品进山。对进出关卡的人搜查得特别仔细、特别严格，一经发现有人带有违禁品，不论男女老幼、不论因何缘故，一律以通敌论，立即处决。

1947 年的冬天，天气特别寒冷。虽然黄村的冬天只有霜冻、不见下雪，但当地的潮湿天气让冷风能直接钻到人骨头里面去，日子在寒冬中显得特别漫长、难熬。奉命带领 30 多位医务人员及伤病员的丘启文，正转移到三洞村乌泥坑的秘密据点里。自从主力部队撤离后，丘启文就带着 30 多人东躲西藏，在燕子崖、三磜坑及三洞村的三处秘密据点中来回穿梭转移。每个据点每次停留时间不能太长，最长也不超过一个星期。这样做的目的，就是避免被国民党及反动民团的搜山部队发现，遭遇袭击造成不必要的损失。

在这30多人中，除丘启文外，有两名医生、五名护士以及几名警卫战士，其余10多人就是游击队伤病员。这些伤病员中，既有在历次战斗中受伤的战士，也有因体质较差、行军打仗生活艰苦而患病的游击队队员。其中李奇带领的紫河大队中的一位叫邹炳贵的小队长，也在这支队伍中。

丘启文同志是黄村万禾村人，他家祖上是中医，所以他从小就跟随父亲走家串户地出诊行医，学习掌握了非常扎实的中医医术。其少年时期，深受他堂兄丘国章的影响，并对共产党的诸多理念十分认同，于是一直想要加入共产党。在黄村地区抗先队活跃时期，于 1940 年在家里的私人诊所行医时，他就秘密加入了共产党。到 1943 年听到丘国章在抗日前线壮烈牺牲后，他更是义无反顾地参加了游击队，成了一名职业的革命军人。由于丘启文身上具有精深的中医治病救人的本事，党组织一直把他当作宝贝看待。经过几年的锻炼，丘启文成长为后东特委游击部队医疗所的所长。这次是丘启文同志第一次远离首长、远离主力部队，单独带领孤悬敌后的特殊队伍，活动在敌人的心脏部位。这支队伍面临的困难之大，完全是可想而知的。

自从去年10月份，国民党葛先才部队大扫荡以来，丘启文就带着这支特殊的队伍躲进了深山，时间不知不觉已经过了三个多月。而这三个多月中，斗争形势没有丝毫的好转，丘启文也收不到任何上级的指示。这种情况确实让丘启文这个经验不足的指挥初哥（指初次做某种事情的人，也就是指初出茅庐、不太在行的人，相当于"新手"）颇感焦虑。

医疗队的三个秘密据点，原来所收藏的粮食并不多。主力部队撤离黄村时，预计撤离时间为两个月，最长不会超过三个月。但是现在三个月已经匆匆过去，丘启文仍然不见首长和主力部队的消息。

眼见粮食早已吃完，治疗药品又奇缺无比，即便是年轻力壮的警卫班战士在这缺衣少食的寒冬中都难以坚持，何况是那些身患重病、身受重伤的伤病员？他们不仅要经受伤病和饥饿的双重折磨，更要命的是每当他们到达一处秘密据点住下不到一个星期，就一定要再次转移到下一处秘密据点。这种无休止的转移，可真是让队伍里的每一个人都感到身心俱疲。每次转移都要在深山密林里走上五六十公里的山路啊，即便是正常人，在大山中行走都会感到非常吃力，更别说这支特殊的队伍了。一些受轻伤或者患病较轻的人还好点，他们只需要找一名士兵搀扶着就能前行，但那些伤重或患有重病的队员可是需要担架抬着走的。所以每逢队伍转移，正常队员都要在寒冬中大汗淋漓无

数遍，直到虚脱，才能把伤病员带到新据点。

　　丘启文他们又一次好不容易地转移到三洞乌泥坑的秘密据点时，还没等丘启文坐下来喘口气，司务长就满头大汗、慌慌张张地跑来向他报告："丘队长，现在营地里一粒米、一粒盐都没有了，这可怎么办啊？"司务长之所以慌张，也是因为实在饿得慌。经过一次艰难的转移，他早就饿得前胸贴后背了。

　　看着司务长焦虑的眼神，丘启文也非常苦涩，不过身为队伍的领导，他还是竭尽所能地让自己保持冷静，随后镇定地向司务长说道："现在没米没盐，确实山穷水尽，不过我们不能被眼前的困难给吓倒。我看这样，你带着几个战士，去挖点野菜和竹笋，将就一下。"

　　丘启文所说的，是目前情况下不是办法中的办法，司务长也知道已经没有更好的办法了，无奈之下只好带上几名战士去寻找、挖掘野菜和竹笋。

　　"丘所长，小程的枪伤又发炎了，肿得很厉害，另外邬炳贵同志又开始咯血了，他的肺病看起来越发严重，再没有药给他们治疗的话，恐怕……"司务长这刚一离开，医疗队的护士长邬财招又跑来报告。

　　没有粮食，这支特殊的队伍还能去挖点野菜、竹笋来充饥。可是伤病员没有药物，如何治病治伤呢？这可是横在医疗队面前的又一个大难题。幸好丘启文有中医底子，没有中成药，还能通过采摘草药来治病救人。为了解决小程伤口发炎、邬炳贵的肺病等问题，丘启文一个人走出营地，在山林里开始独自寻找起来。没多久，他就在一条小溪边的湿地附近找到了一个宝贝，这个宝贝是他祖父告诉他的偏方，专门用来消炎散毒的草头药——拧颈葫芦。丘启文采了一大把拧颈葫芦，兴冲冲地回到了营地，一回来就告诉邬财招："一部分草药拿去捣烂，撒在小程发炎的伤口上，另一部分拿去煮水，煮出来的草药水让所有伤病员都喝一碗，这东西是宝贝，有消炎治病的作用。"

当天晚上吃完"野菜"晚饭，伤病员随后擦、服丘启文采回来的神奇草药后暂时止住了伤痛。除了拧颈葫芦外，丘启文后来又在山上找来百劳利、银花藤、松毛等给战士们洗身；战士们咳嗽就找桑叶、葱头、橘皮、生姜煲水喝；没拧颈葫芦，用鸭脚木叶煮水洗伤口也能消炎；用三月泡、崖婆爪治疗流感，都收到良好的效果。

解决药物后，衣物又成了医疗队的一道难关。秘密据点说好听点是一个让他们休息、躲避搜捕的营地，说不好听点就是一个仅供他们躲藏的隐蔽地点。在这里根本没有什么建筑物供他们抵御寒风。而且他们在连食物、药品都奇缺的情况下，自然没有多少御寒的物品，除了身上穿的棉衣棉裤和几张被子外，就没有别物了，在寒冷的漫漫长夜该如何度过呢？这又是一个大难题。

不过幸好战争年代，战友们的感情如同亲兄弟姐妹，来得真、来得亲。只见同志们在地上铺上厚厚的干草，把被子横盖在上面，然后男女战士身体紧紧依靠在一起，用彼此的体温来保暖御寒，一起战胜饥寒交迫的漫漫长夜，一起迎接黎明的到来、太阳的升起。

这样艰苦的日子又过了10多天，战士们由于没有油盐，只要一看到只漂着几条野菜的野菜清汤，大部分人还没吃就已经想要吐。另外，因为缺少盐里面的碘元素，很多战士都得了水肿病，全身都开始浮肿。更要命的是，不少战士因为缺乏维生素，犯了夜盲症，导致夜

晚视物不清或完全看不见东西，行动困难。这对在强敌包围中的医疗队来说，一旦遭遇敌情，绝对是一场灭顶之灾。

在这种缺医少药的残酷生存环境中，身患重病的邬炳贵因得不到有效的治疗，还是在1948年的除夕之夜无声无息地永远离开了人世。就在邬炳贵离开几天后，他年轻的妻子林五妹在家中为他生下了唯一的血脉邬海夫。这位烈士的妻子，用她柔弱的肩膀，一手抚养烈士遗孤长大成人，真应验了那句"女子本弱，为母则刚"的老话。当然，这些都是后话了。

话归正题，丘启文为了党的事业，为了自己心中的信仰，继续带领着医疗队的30多人，宁可饿死、病死、冻死，就是不肯向困难低头，不向敌人屈服，在大山中坚持了近半年的时间。在这期间，他们之中没有任何一个人向敌人投降，完美诠释了共产党人和革命军人的光辉形象，也使国民党反动派妄想困死、饿死游击队的计划彻底"破产"。

1948年2月，家住板仓黄竹沥村，年仅29岁的地下组织员黄甘春，接到党组织的通知，叫他无论如何都要想尽办法，到黄村墟去，为困在三洞村乌泥坑的30多名伤病员，送去救急的食盐及药品。因为黄甘春是海外归来的华侨，党组织希望他能以这一身份顺利完成任务。接到任务后，黄甘春倾尽家中所有积蓄共9块大洋，马上到黄村墟采购药品、食盐。当黄甘春到黄村墟唯一的药店买药时，就被程兰亭的密探盯上了。黄甘春买好药品刚出店门，伪自卫大队七八个喽啰，不由分说，就把黄甘春抓到伪大队部。

伪自卫大队的程兰亭听说手下抓到有买治枪伤药的人时，如获至宝，立刻审问黄甘春。

"你是哪里人？为什么买消炎药？"程兰亭问。

"我是板仓人，我家兄弟打野猪时摔伤了脚，现在发炎，脚肿得厉害，所以我要买消炎药。"

"不对，你是给共产党游击队买药。"

"信不信由你，我真的是为兄弟买药。"

"你不用骗我，你不说，我就大刑伺候。"程兰亭大声恫吓道。

"你要用刑，我也是那句话。"黄甘春坚定地说。

"来人，给我打，十八般刑具给我上，看是他的嘴硬还是我的刑具硬。"程兰亭叫来打手，对黄甘春上了鞭刑、老虎凳，灌辣椒水等，打得黄甘春死去活来。我们坚强的共产党员黄甘春，为了保守党的机密，就是宁死不屈，直到假死过去。当打手说黄甘春死了，程兰亭还不相信，亲自用手探探黄甘春的鼻子，发现真的没了呼吸，才下令把黄甘春抬到东门桥。当乡丁把黄甘春抬出大队部时，正好碰到了黄甘春的家人来大队部赎人，看到假死的黄甘春，只好给那两个打手一人一块大洋赎回"尸体"。没想到，回到半路时，家属惊奇地发现黄甘春还有脉搏，只是极为微弱，于是立刻抢救，才捡回黄甘春的一条命。

丘启文等30多位战士在生死线上艰难挣扎的关键时刻，事情终于迎来了转机。一天下午，一位身穿长衫马褂、头戴礼帽、衣着华丽的年轻人找到了丘启文等人。这个年轻人叫邬植中，是黄村梅陇人。当邬植中找到丘启文等人时，站在丘启文旁边的邬财招一眼就把对方认了出来，并热情地打起招呼："你不是植中吗？几年不见越来

越靓仔了。"

"财招姑，没想到你也在山上，这段时间真的是辛苦你们了。"邬植中能在山上见到小时候的玩伴，心里也十分开心。不过开心过后，邬植中就面容郑重地对丘启文说道："丘所长，闲话就不多说了，我们办正事要紧。"

说罢，邬植中就脱去身上长衫，露出一件长长的白褂内衣和一条裤子。脱下衣物交给邬财招后，邬植中便告诉丘启文，白褂和裤子分别是经过盐水和油浸透、晒干得来的，只要把这两件物品重新泡水，他们就可以得到紧缺的油盐。也正是通过这个方法，邬植中才能躲过国民党哨卡的重重检查，安全地将这些稀缺、珍贵的物品送到医疗队。

原来，特委领导梁威林、郑群、黄中强是早预料到丘启文带领的医疗队会遇到的困境。他们之前也多次派人运送物资过来，可是都没有成功，反而牺牲了好几位地下交通员的性命。眼见半年过去了，如果再不给这支医疗队补充物资，那么医疗队里的几十位同志将会遭受生存之忧，甚至是灭顶之灾。所以特委命令李奇不惜任何代价，都要帮助、救济医疗队。

而梅陇村的邬植中其实是李奇秘密发展的地下组织员，一直与李奇单线联系。如果不到万分险恶的时刻，李奇是不会动用这步暗棋的。不过现在看来，这步暗棋确实厉害，一下就把油盐这等紧缺物资给医疗队送来。

邬植中从前几次地下交通员的失败中，总结出了一些对付国民党反动派的方法、绝招。之前几名交通员，要么打扮成砍柴的，要么打扮成要饭的，总之都是一副穷人的打扮。而国民党的哨卡人员对穷人特别凶，检查也特别严、特别细，导致那几名交通员最终暴露，不幸牺牲。

所以这次邬植中反其道而行之，用干净的白褂及裤子浸满油盐后晒干，穿在身上，然后外套长衫马褂，凭着这身行头直冲三洞哨卡，并对哨卡士兵说是要到康禾乡赴结义兄弟喜宴，只是要路过三洞村。三洞哨卡的国民党士兵看邬植中一副富人打扮，立马就升起三分敬意，搜查的时候也是随便搜了一下就放任邬植中过去了。

听完邬植中的妙招，丘启文大赞不已，而且医疗队的30多名战士也对邬植中表示感谢，直呼对方是医疗队众人的救命恩人。可是不幸的是，当邬植中完成送油盐的任务，返回三洞哨卡时，却还是被国民党逮捕了，理由是通共。

时间回到邬植中刚骗过三洞哨卡的国民党士兵不久，伪自卫队大队长程兰亭就来到了哨卡进行例行检查。可当他听报告说刚才有一位富家公子路过此地，要到康禾喝喜酒时，顿时警觉起来，自言自语道："现在兵荒马乱时期，哪有什么喜酒喝？那人肯定是共产党的秘密交通员，对于这种有疑点的人，我们宁可杀错也不能放过。"

就这样，邬植中一回到三洞哨卡，立即遭到程兰亭的逮捕，并被关进了黄村墟伪自卫队的监狱里。抓了邬植中后，程兰亭连夜审讯、严刑拷打，企图问出藏在大山里的游击队的具体位置。可是不管他的折磨手段有多残酷，邬植中硬是凭着坚贞不屈的意志，咬紧牙关挺了下来。

听闻邬植中被抓后，其家属非常着急，四处打听，想方设法救人，并且还想要以钱、物赎人，但都无济于事。一个星期后，程兰亭

在没有任何证据的情况下，单凭直觉就把伤痕累累的邬植中押到东门桥下枪杀了。单凭直觉就杀人，这就是国民党反动派草菅人命的最好佐证。

邬植中牺牲时，他的爱人戴石招才刚刚 20 岁，他的女儿还不到两岁、儿子还没有满月。一个幸福的四口之家，就这样被国民党反动派给毁了。

就在邬植中送去救命的油盐不久，李奇终于打通了康禾乡的秘密渠道。通过这条渠道给丘启文的医疗队送去物资，解了燃眉之急，使得医疗队度过了最艰苦的岁月，迎接全国解放战场大反攻的到来。最让人高兴的是，医疗队的 10 多位伤病员中，除了邬炳贵病逝外，其余伤病员最后全部伤愈归队，与大部队的战友们一起，为全中国的解放，战斗在最前线。

收拾喽啰

当国民党葛先才部进攻黄村地区不久，继黄村、叶潭、康禾等乡一片"返白"，反动军队到处横冲直撞、不可一世的时候，程佩舟率领白虎游击队主力按照上级的指示，有计划地暂时转移到河西片的曾田、上莞一带打游击。

曾田地区对程佩舟而言并不陌生，早在抗日战争中期，他就与程光、骆新民等同志一起，在曾田乡发展了当地优秀青年邓振亚、张启肇、陈儒衡等同志，加入共产党组织，并通过陈儒衡等同志的努力，发展了叶善初、叶石兴、叶时青、郭国华等一大批优秀人士入党。曾田的党组织十分活跃，个别村还成立了农会，革命群众的基础较好，民风也很淳朴，是一个开辟新区的理想之地。

程佩舟把他的队伍带到曾田最高的山峰缺牙山的大山里后，安顿好部队，就准备到曾田的玉湖村了解情况。

曾田乡的玉湖村曾是广州通往龙川县、兴梅地区及潮汕地区的陆路中心点。所以玉湖村的政治、军事、经济价值都显得尤为突出，是

一个经济大村。平时这里来往车辆非常多，人员也比较复杂。而村里的张姓保长家，则是村里的大户人家。一个小小的村保长，家里就豢养有100多个家丁，还装备有百来支步枪，可谓是村中一霸，不可一世至极。

听说程佩舟要到玉湖村去侦察情况，小鬼班的班长丘兴却死活不同意程佩舟前去冒险。这位刚刚痛失母亲的红小鬼，对程佩舟振振有词地说道："大队长，你是我们部队几百人的主心骨，玉湖村现在的情况十分复杂，我建议你最好不要去，太危险了。如果实在是想了解那里的情况，就让我带两个人去，你要什么情报，我们都给你弄来，向你汇报，好吗？"

"小鬼，你不清楚。我们部队来到一个新的环境、新的地方，目前两眼一抹黑，外面的情况到底如何，特别是玉湖村这个通往广州的交通要道鱼龙混杂，敌人会不会知道我们的主力部队到河西这边来，敌人有没有增兵等情报都十分重要。所以，这一趟我必须得去，好摸清楚情况。"程佩舟温柔地摸了摸丘兴的头，联想到前不久接到丘兴母亲曾六被张其勋残忍杀害的消息，不禁动了恻隐之心。

"大队长，自我16岁到部队后就一直跟着你，你就像我的父亲一样地照顾我，教导我成为一名真正的战士。前不久，我母亲已经被敌人杀害了，我不能再失去你啊。"许是被程佩舟那温柔的眼神触动，本来装出一副坚强样子的丘兴说话带上了一丝哽咽。反正无论程佩舟怎么说，丘兴就是死死拦着程佩舟，不想让程佩舟去涉险。

"小鬼，跟你说句实话吧。玉湖村的那几个喽啰，我还真的不放在眼里。要是你实在不放心的话，那你就让小刘跟我一起去，行了吧？"面对倔强执拗的丘兴，程佩舟也实在没有办法，只好做出让步。

"还是不行。"程佩舟是做出了让步，但丘兴这个小鬼头却依然难缠，寸步不让地说道。

"又为什么？"本来以为自己让步了对方会同意，没想到丘兴还是拉着自己不放，让程佩舟感到一阵头大，心里不禁嘀咕："到底你是队长还是我是队长，我出去探个情况还需要你同意？"

"人太少。"丘兴自然听不到程佩舟内心的小九九，言简意赅地回答道。

看着一本正经的丘兴，跟个小大人似的，程佩舟也不由得被逗笑，无奈地向"丘大队长"请示道："那你想带多少人？"

"大队长，我建议把张伟的中队带上。他们中队战斗力特别强，特别能打。带上他们我就放心了。"相比起程佩舟无奈苦笑的样子，丘兴可就严肃多了，直接把这次出去侦察敌情的行动安排得妥妥的。

"我的同志哥……这是去搜集情报，是去侦察，又不是去打仗。带这么多人一起，鬼都知道我们不对劲啊。"听完丘兴的建议，程佩舟无语地捂着额头说道。随后，他脸色一变，进入认真的状态，下达正式命令："张伟，你，小刘加上我，我们四个人去，就这样了。不许再讨价还价，这是命令！"

听到自己也可以随着程佩舟一同前往，丘兴终于露出了满意的笑容，并对程佩舟敬了个标准的军礼。"是！大队长。"放下手后，丘兴摸了摸腰间的两支20发快慢机驳壳枪，心里暗想一定要保护好程佩舟，不能让他受到丝毫伤害。

"你啊你啊，果真是没有改错名，就是'阎王易见，小鬼难缠'

里面的小鬼。好了，不多说了，赶紧叫上张伟、小刘，换好装我们立刻出发。"程佩舟指了指露出笑容的丘兴，玩笑地打趣道。

过没多久，四人乔装打扮了一番，程佩舟打扮成了商人模样，张伟和小刘两人打扮成了打手，丘兴则是一身小厮的穿戴。收拾整齐，临出门时，程佩舟将了将头上快到肩膀的长发，戴上礼帽，略带不爽地嘀咕道："他妈的，被196师那帮孙子追了快三个多月，搞得老子头发都没时间理，现在整得男不男、女不女的样子。不行，待会儿找时间得去找师傅修理一下。"说罢，程佩舟带头走出了缺牙山。

从曾田的缺牙山到玉湖村，要走将近20公里的山路。程佩舟一行四人走在风景秀丽、山清水秀的山路上，特别是看着眼前漫山遍野的枫叶，把整座大山染得一片通红，堪称华南一绝。程佩舟心想，等全国革命胜利了，再来好好欣赏这个不输北京香山的人间仙境。至于现在，他们还得打起十二分精神注意一路上的情况，无暇顾及身边的美景。毕竟曾田目前还属于敌占区，敌情十分严峻，他们必须随时做好身份暴露、投入战斗的准备。

到了下午三点左右，程佩舟等人顺利来到了玉湖村。在省道公路两旁，有不少门店，经营着各式各样生活用品的买卖，马路上偶尔有几辆货车经过，路上行人及挑夫也不少。同时，村子里有不少青砖白瓦的大房子，可见此村的有钱人家还真的不少。在这些大房子里，程佩舟等人还能看到扛枪的家丁在巡逻，为有钱人家看家护院。

走到一个人流相对较少的地方，程佩舟停了下来环顾四周，没有发现国民党的正规部队驻军，才对其余三人长长地舒了口气，因为这说明白虎队转移到曾田的消息还没泄露，敌人并没有察觉。

　　稍微放松下来后，四人走到靠山边一间门口竖着"叶氏理发店"招牌的小店门前，程佩舟便笑着对其余三人说道："很长时间没有剪头发了，头发长得让人难受，趁今天还有点时间，我要进去剃头，丘兴，你去问问剃个头多少钱？"程佩舟本身就是游击队里出了名的天不怕、地不怕的程大胆，而在他身边长大的丘兴，在耳濡目染下也得到他大胆的真传，成了丘大胆。

　　按理说，他们侦察完敌情就应该返回驻地，不宜久留的。但是我们的程大胆在得知玉湖村没有国民党的正规驻军后，便决定理完发再说，管它那么多。

　　"师傅，剃个头多少钱？"丘兴点了点头，随即走进店里，向一名50来岁的老师傅问道。

　　"剃一个头三分钱，请问你们哪一位老板要剃？我老叶的手艺是全条街最好的，保证让老板满意。"叶师傅看到生意上门，开心地站了起来，笑容可掬地说道。

　　"叶师傅你好，是我要剃头，头发太长了，麻烦帮我把头发剪短。"此时，程佩舟也走了进来，礼貌地回道。随后他便摘下礼帽，大马金刀地坐在理发凳上。

　　"好嘞，老板稍等，我先磨一下剃头刀，很快的。"叶师傅说完，就拿下挂在墙上的绑刀皮袋，慢条斯理地磨起他的剃头刀。磨了一会儿后，他就用手试了试剃头刀的锋利度，感到满意了，才放下剃头刀，又拿起皮袋里的剪刀，替程佩舟理起发来。

　　在程佩舟剃头的时候，跟在他身后的张伟马上向程佩舟的警卫员小刘投去一个眼神，示意对方加强警戒，防止敌情发生。小刘也是醒

目之人，立即心领神会，并拿起一张小凳，坐在门口，眼观六路、耳听八方地监视着店外的一切动静。而张伟与丘兴两人，则是非常有默契地跑到店后面找了个可容身的地方躲了起来，形成警戒的暗线。

正在剃头的叶师傅也是个很有生活阅历的人。他一看这个阵势，就知道程佩舟绝对不是一般的人物，所以他小心翼翼地向程佩舟问道："先生，听你口音不像我们曾田人啊？"因为察觉到程佩舟的确不一般，叶师傅连称呼都变了，改为更为尊敬的"先生"。

"叶师傅不妨猜一下我是哪里人？"程佩舟本来就是个喜欢开玩笑的人，现在看到叶师傅谨小慎微的样子，不由得开起了玩笑。

"听先生口音，应该是河东那边的人吧。你的客家口音那么纯正，我们河源只有黄村那边说话是这样的。"叶师傅不愧是见多识广的人，单凭和程佩舟的几句对话，就准确地判断出了程佩舟出自黄村。

"厉害啊叶师傅，没想到你一听就听出来了。我确实是黄村来的，准备去连平、和平做点小生意。麻烦你帮我剃快点，天黑了我怕路不好走。"程佩舟称赞了几句后，就督促叶师傅加快理发速度，好早点剃完早点走。

过没多久，头已经剃了一半。但就在这时，店外突然传来"砰、砰、砰……"的枪声，而且子弹明显是打向这家叶氏理发店的。一听到枪响，手握剃刀的叶师傅顿时被吓得脸色煞白，双手双脚都在不断地颤抖，看起来连站都快站不稳了。一把明晃晃的剃头刀，就这样在程佩舟的面前晃来晃去，一不小心还在程佩舟的脸上划了一道小口子，鲜血很快就渗了出来。

"报告大队长，外面有10多个敌人正朝理发店冲来，我们现在该怎么办？"几乎在枪声响起的同时，警卫员小刘急急忙忙地冲进了店里，向程佩舟报告敌情。

"砰、砰、砰……"又是连续几声枪声响起，程佩舟镇定自若地侧耳细听，随后高兴地说道："小刘，你听不出来吗？这里面有三种枪声，一种枪声是汉阳造，一种枪声是中正式，我听了那么久，他们只有一条三八大盖。这些明显都是些乡丁，根本不足为虑。你现在到屋外，对着他们打两枪，他们保证掉头就跑，不敢进攻。"对小刘面授机宜后，程佩舟又从容不迫地向叶师傅说道："叶师傅不用怕，我们把凳子移到墙角边，就不怕子弹打到我们了。我的头才剃到一半，麻烦你继续帮我剃完它，好吗？"

不等哆哆嗦嗦的叶师傅镇定下来，程佩舟就自顾自地把凳子搬到靠墙角的位置，悠然地坐在凳子上闭上眼，等着叶师傅过来继续剃头。等了一会儿，程佩舟见叶师傅没有动静，睁眼看到叶师傅还愣在原地发抖。程佩舟淡定地说道："真的不用怕，外面就几个小喽啰而已。快来给我把剩下的头发剃了。对了，你手拿剃刀可要稳一点，不要再把我的脸皮划破了。"

此时，警卫员小刘已经拿出驳壳枪，朝门外抬手就是两枪，打中其中一个乡丁的腿部，让对方痛得哇哇直叫。果然如程佩舟所料，小刘的还击让乡丁们立马往后撤退。乡丁们在搞不清楚店里游击队有多少人马的情况下，暂时不敢再次进攻，只是在外面找好掩体，围着叶氏理发店时不时放上两枪壮胆。

什么叫弥天大勇，什么叫大将风度，什么叫泰山崩于前而色不

变？叶师傅是真真切切地感受到了。也许他真的佩服程佩舟的胆识，也许是意识到外面的都是纸老虎，所以他终于不再颤抖，很是认真、细致地为程佩舟把头剃好。

剃好头后，程佩舟掏光身上仅有的两块银元递给叶师傅，不好意思地说道："叶师傅，真的非常抱歉，没想到剃个头，会给你惹来这么大的麻烦。我走之后，你最好也出去躲躲，我怕那帮国民党兵痞会来找你的麻烦。"

"先生，你们是不是红兵，是不是共产党员？"叶师傅接过银元后，看着程佩舟敬佩地问道。

"现在这种情况，我也不怕实话告诉你，我确实是共产党员，有什么事吗？"程佩舟被叶师傅的问题问得丈二和尚——摸不着头脑，不明白对方无端端问这个干吗。

"我以前不认识什么叫共产党，今天给你剃头，让我终于见识到什么叫共产党。你们共产党员真神人也。能与你们认识，为先生服务，是我一生的光荣。"叶师傅对程佩舟竖起大拇指，由衷钦佩道。

一切安排好后，程佩舟向店后面隐藏的张伟、丘兴打了个手势，随后就带着小刘冲出店外。冲出去的过程中，两人之间距离分得比较散，防止被敌人集火，同时，两人各拿一把手枪一起向包围理发店的乡丁们射击。

围攻叶氏理发店的乡丁，全是玉湖村张保长家的家丁，平时作威作福、横行乡里、鱼肉村民、不可一世，之前从来没有遇到过敌手。这次他们偶遇程佩舟到理发店剃头，本来是准备抓回去领赏的。刚才被小刘两枪吓退，是不清楚理发店里的虚实。现在围了那么久，见到程佩舟只有两个人，所以他们仗着人多枪多，自认胜算十足，便大胆地离开掩体，向理发店包围了过来。

乡丁们的注意力全放在程佩舟两人身上，却根本没有留意到张伟和丘兴两个埋伏在店后面的后手。等他们一离开掩体，张伟和丘兴立刻杀了出来，两人三枪对着乡丁们连续射击。特别是丘兴的两支快慢机打出的子弹，全都像长了眼睛一样，枪枪命中、枪枪要命，瞬间放倒了五六个乡丁，让其余乡丁立马失去战斗意志，掉头就跑，只恨爹娘给他们少生了几条腿，有多快就跑多快。

这次战斗，玉湖村的十几个乡丁被打死了七人，有三个走不动的乡丁当了程佩舟等人的俘虏。程佩舟他们押着三个俘虏，缴了十支枪，迎着夕阳的余晖，回缺牙山去了。

而曾田玉湖村的张保长，听到村子里爆发激烈的枪声时，不但不敢派人增援，反而收拢所有人手，紧闭大门，生怕共产党大部队攻打他。等到逃兵回去报告战况后，他被吓得半天说不出一句话，庆幸自己没有派人增援。

没过多久，共产党游击队有个程大胆的故事，悄然在河西地区传播了开来。

高歌猛进

历史的巨轮来到1948年的4月，随着解放战争形势的日益好转，中国人民解放军已从原来的战略防御转入全面战略反攻。4月30日，中共中央发布"五一"国际劳动节口号，向全国人民提出："各民主党派、各人民团体、各社会贤达迅速召开政治协商会议，讨论并实现召集人民代表大会，成立民主联合政府。"没过多久，又正式向全世界宣布"打倒蒋介石，解放全中国"。

由于广东全省各地都爆发了武装斗争，不论山区还是平原地区，到处都掀起了武装革命。国民党反动政府遭到了共产党武装部队的沉重打击，广东"戡乱"行营主任张发奎也因"剿共"不力，于1947年冬，遭蒋介石解职，蒋介石任命他的大舅子宋子文担任广东省政府主席。

宋子文上任后，凭借他与美国人的关系，贷了大量美元，一下子武装了20个保安团。这些保安团编员超满，每个团都有3000多人，20个团长都是少将军衔，全都使用先进的美式装备，妄图重新夺回武装斗争的主动权。

　　1948年6月，广东各游击队在群众的大力支持下，粉碎了国民党军队的第一期"清剿"。同年夏，宋子文又发动第二期"清剿"。针对宋子文"肃清平原，围困山地"的计划，中共广东省委提出"坚持平原游击战，以掩护山地边区建立根据地"的方针，要求各地武装在普遍发展中组织主力部队，集中优势兵力，逐步歼灭敌人的有生力量。

　　同年8月7日，活跃在九连地区（包括东江地区）的中国人民解放军粤赣边支队在上莞正式成立，司令员钟俊贤、副司令员郑群、政治委员魏南金、政治部主任黄中强、参谋长曾志云，宣告了粤东人民反抗国民党反动统治战略大反攻的到来。在粤赣边支队成立的宣言中，其后半段是这样写的：

　　"本军严肃宣言：在中国共产党中央和中国人民解放军总部的领导下，我们现在奉命把全区人民武装整编为广东人民解放军粤赣边支队。这是我们全军的光荣与福音，也是全区三百万人民的光荣与福音！在这里，我们深悉今后任务之重大。我们号召全区人民与我们密切团结起来，为驱逐与消灭全区蒋匪土顽，打倒其腐败独裁的伪政权，建立全区民主政权，解放全区人民而斗争！进一步与友军协同作战，为打倒蒋介石，建立全国民主联合政府，解放中国人民与中华民族而斗争！

　　"本军坚决表示：我们完全拥护去年双十节总部宣言的主张和政策。为着联合一切反美反蒋的力量，凡爱国民主分子，凡拥护与同情我们主张的人们，我们愿与之积极合作。其他只要不做美国和蒋介石帮凶者，我们均愿待之以友好态度。对蒋方人员严格执行分别对待的方针，首恶不悟者必办，胁从者不究，起义立功及暗中帮助本军者奖

赏，参加本军者欢迎。在分田区，对原有地主富农（逃亡者在内）均予以生活出路，对中农利益一律保护，对民族工商业积极扶助。过去某些单位的过火错误，应该迅速纠正。斗错了的，实行道歉、赔偿。对于蒋管区，我们号召各阶层人民团结起来，进行反对压迫和减租减息，改善人民生活，以便集中力量，打击蒋匪土顽。

"我们同时坚决表示：完全拥护中共中央最近的号召，在解放战争的第三年内，取得对全局有决定性的胜利的同时，要把解放战争深入和扩大到蒋管区去；要在适当时机立即召开全国人民代表大会，成立联合政府。

"四月以来，蒋匪对本区的进攻，是这样的残酷，平均每天有三个老百姓被屠杀，有一间房子被焚毁，几千亿的金钱在三征与组织反动武装名义下被掠夺，千百人被迫去当匪军，几千人被迫流离失所。对于这种情形，我们认为不是蒋匪的胜利，而是他们更大损失的开始。他们这样做，只能说明他们的统治已经破产，不能不作死前的疯狂挣扎。一时被摧残的人们，都更清楚地认识蒋匪的凶残，提高对我党我军的信仰，并将加强对蒋匪土顽的斗争。至于所有在蒋匪统治区受难的人民，则久已在渴望着我们的解救。只要我们实行正确政策，坚决打击敌人，在全区人民积极支持下，在全省全国斗争的配合下，一定能够取得完全的胜利！"

粤赣边支队的成立，把原战斗在黄村地区的飞龙游击队、飞虎游击队、白虎游击队、紫河大队等全部编入主力部队四团，团长由王彪同志担任，政治委员由张华基同志担任，张日和任政治处主任，张惠民为副团长兼一营营长，程佩舟、李奇、邹建分别担任二、三、四营营长，全团合共2000余人。

宋子文在1948年年初成立20个保安团的编制后，就把保安六团、保安十三团派到河源地区，企图消灭共产党在后东地区的武装力量。当曾天节率领的保安十三团到达黄村地区时，就遭到刚刚升格地方主力部队的四团迎头痛击。双方在叶潭乡的文径村打了一场遭遇战。当时，张惠民副团长带领的一营部队，在文径村碰到保安十三团的部队。张惠民马上命令展开伏击，当100多名保安十三团的前哨部队进入伏击圈后，张惠民立即下令发动攻击。霎时间，排子枪、机关枪及手榴弹密密麻麻地攻向行进中的国民党队伍，让猝不及防的保安十三团人仰马翻、狼狈不已。在保安十三团付出了几十个士兵的性命代价后，才勉强调整好队伍，用迫击炮还击，轰炸解放军的阵地。

此时，张惠民见对方已经列好阵势，知道不宜与武器装备先进的敌军硬拼。于是他充分发挥队伍的灵活性，带领队伍快速脱离战斗，消失在茫茫大山里。是役，保安十三团被打死了30多人，受伤20余人。而我一营部队仅有两名战士不慎受了轻伤。

当张惠民回到四团团部，见到王彪团长和张华基政委时，轻松地笑说："外界把宋子文的保安团吹得神乎其神，但通过今天的战斗，我看也不过如此。这不，刚一见面就被我们英勇的战士打得落花流水、屁滚尿流，真是痛快。"

"张惠民同志，你这轻敌的思想可要不得。毛主席曾经说过'战略上要藐视敌人，战术上要重视敌人'，我们千万不能因为一次遭遇战的暂时胜利就麻痹大意。要知道，蒋匪那帮老虎，可是会吃人的。"听完张惠民的话，张华基表情严肃地教育道。

"张副团长，政委说的话很有道理，你要虚心接受，记在脑海里。行军打仗，切忌轻敌大意。"张日和也在一旁对张惠民劝导道。

"本来打了胜仗，是要听表扬的，你们两位领导不但不表扬，还给一顿批评……"本来张惠民也不是真的轻敌，只是想传递一种"反动派都是纸老虎"的思想，不必畏惧保安十三团的精良武器。没想到却因此被教育了一通，于是有点纳闷地嘀咕起来。

"对啊，打了胜仗确实是该表扬。但是一码归一码，你这轻敌的思想就是要不得。不改掉这些坏思想，将来部队可是要吃大亏的，知道吗？"张华基耳朵比较尖，刚好听到了张惠民的嘀咕，于是语气越来越严厉。

"是！"张惠民看到老战友生气了，立马向张华基和张日和敬了个标准的军礼，"保证改，现在就改！"说罢，就溜回营地去了。

接下来几天，粤赣边支队四团与保安十三团在黄村墟周边，还发生了几次零星的战斗，双方各有伤亡。直到9月底，有内线人员送来一份情报，说保安十三团准备在近期，仿照去年196师的做法，对黄村的万禾、板仓、永新、宁山、邬洞、祝岗、漆树等村进行大扫荡。

收到情报后，四团立刻召开了作战会议，在敌情分析会上，张华基非常激动地说："去年这个时候，由于那时我们的武装力量还比较弱小，面对196师强敌的进攻，被迫转移到河西去，致使黄村上半乡的革命群众蒙受了巨大的损失。这次我们的力量强大起来了，仅我们四团就足以同曾天节的保安十三团抗衡。所以我建议，在黄竹径左右两边山头，构筑阻击阵地，不准保安十三团踏入黄村上半乡半步，以确保老区人民不受两遍苦、受两桩罪，用胜利来保卫人民的生命财产安全。"

经过团首长们认真细致的分析研究，最后形成共识，决定就按张华基的说法，以黄竹径的两边山头为阻击阵地，好好痛击不可一世的保安十三团。

黄竹径是个很好打阻击战的战场，左边是蓑衣坑山头，右边叫罗岗山，中间有一条小路，是从黄村墟进入上半乡所有村庄的必经之路，小路下面就是蓝溪河，自东向西流去。只要四团部队守住两边山头，保安十三团就难以越雷池半步，无法进入上半乡。

四团的指挥部，就设在十年前丘国章带领抗先队设讲坛的大榕树下。望着大榕树巨大的树干，张华基不禁感慨万千，遥想10年前他与丘国章、关绮清，就站在大榕树下，畅谈革命理想，商讨黄村地区党组织的发展规划，三位亲密无间的战友，现在只剩自己一个。想着想着，张华基这个堂堂的七尺男儿，都忍不住掉下了缅怀故友的泪水。

"政委，你怎么了？"看见张华基望着大榕树掉眼泪，王彪一时间也有点不知所措。因为他知道张华基一向是以坚韧不拔著称的，自从他们俩搭班以来，也从未见对方掉过泪，现在是个什么情况？

"团长，看着这棵大榕树，就让我想起了丘国章、关绮清等烈士。10年前，我们就是在这棵树下，结成生死与共的战友情谊的。当初跟他们回来黄村发展党组织的时候，我还答应过他们，请他们吃油豆腐，没想到最终还是失信了。"张华基抹去眼角的泪水，将自己与丘国章、关绮清等人的感情，向王彪娓娓道来。

"政委，为了告慰先烈的在天之灵，我们一定要打好黄竹径这场阻击战。"听完张华基的解释，王彪拍了拍对方的肩膀，温和地

鼓励道。

"没错，我们一定要打好这场阻击战，以告慰先烈们的在天之灵。这句话，就作为我们的战斗口号吧，让所有战士都提振精神、奋勇杀敌。"张华基觉得王彪团长的提议很好，他转向政治处主任张日和问："你的意见呢？""我完全赞成。"张日和笑着回答。"好，就这样定了。"于是张日和叫来政治处干事，将这句战斗口号传达到每一位参战人员。

第二天，天刚放亮不久，在黄村墟通往黄竹径的大路上，曾天节带着他的1000多人马向着上半乡的方向快速前进。陪同曾天节的张其勋、程兰亭也骑着高头大马，兴高采烈地为曾天节出鬼点子、想馊主意。

当保安十三团部队进入四团的伏击阵地后，只听王彪团长一声令下："打！"各种轻重火力马上飞向敌阵。四团战士们在两边山上居高临下，充分发挥地形优势，打得保安十三团瞬间丢下了几十具尸体，才勉强稳住阵势。

眼看通往上半乡的便捷通道被堵，曾天节立即命令他的部队，向两边扩大进攻范围，企图撕破一道口子，突到上半乡去。但不管他的部队走多远，每到一处，都有四团的部队在顽强阻击。四团的防守阵地就像钢铁长城一样，死死守住通往黄村上半乡的所有通道。

战斗从上午八点一直打到下午两点，其间，不管保安十三团怎么冲锋、怎么炮击，四团的阵地就犹如铁钉子钉在那里一样，守得固若金汤、岿然不动。曾天节看到自己部队的士兵被打死了近百人，伤兵更是不计其数，气得大骂张其勋、程兰亭谎报军情："你们不是说共军只是一群乌合之众，除了打打游击战外，没有任何战斗力吗？还一个劲地鼓动我部进剿。这哪里是什么乌合之众，明明就是钢铁部队，我差点被你们两个白痴害死了！不打了不打了，收兵！"

当保安十三团撤退时，站在黄竹径山头的张华基也看到了这个情况，于是他立即命令全团所有参战部队的号兵，吹响冲锋号。一瞬间，两边山头响起嘹亮的冲锋号声，吓得敌人胆战心惊的同时，又好像在告慰先烈们：我们的冲锋号已吹响，革命的胜利即将来临！

五战五捷

　　1948年，宋子文发动"清剿"以后，对九连地区的军事进攻一直没有停止过。粤赣边支队自4月以来，由于没有集结主力，分散应战，实力消耗，部队减员，地区缩小，根据地的人民群众和游击队也遭受了严重损失，始终摆脱不了被动局面。为了帮助中共九连工委总结斗争经验，解决如何集中兵力打歼灭战的问题，6月间，中共九连地委多次召开会议研究这个问题，梁威林在会上传达中共中央香港分局（广东省委属于香港分局领导）的重要指示，并强调认真学习和领会毛泽东关于集中优势兵力，各个击破歼灭敌人的军事思想，会议达成了共识，即是将分散的兵力迅速组建成为主力部队，以便集中兵力打歼灭战，力争尽快扭转被动局面。7月，敌人进占九连区腹地青州。东二支队的连和、和东的部队被迫在河源河西地区休整。

　　10月，敌保安十三团由惠阳移驻河源蓝口、黄村，企图配合保安五团及保安十一团一部，再度组织对粤赣边支队的进攻，以南北夹击之势，一鼓围歼处于河西一隅的粤赣边支队主力部队。

面对强敌压境的严峻形势，中共九连地委和粤赣边支队决心集中优势兵力，打破敌人的进攻，乃迅速调集和东、河西、连和区的主力连队，组成主力团，进行短期整训，开展政治思想教育，进行"三忆三查"活动，激发指战员的阶级感情，提高指战员的思想觉悟，为打破敌人的进攻，从思想上、组织上做好充分的准备。与此同时，粤赣边支队大力加强情报工作，以切实掌握敌情和正确判断敌情，主动寻找战机，以便更有效地打击敌人，歼灭敌人的有生力量。

10月下旬，据侦察情报获悉：敌护航大队送13艘走私船只，将由河源溯江而上。粤赣边支队抓住这一战机，决定于河源黄田白马一带埋伏歼击此敌。粤赣边支队副司令员郑群率第三团4个主力连连夜赶到江边，埋伏于东江西岸，第四团团长王彪、政委张华基率3个连队埋伏于东岸，独立第五大队一部伏守下游以断其后。

从支队司令部出来后，郑群握着王彪和张华基的手说道："王彪同志，这一仗很关键，打好了我们就能扭转前段时间被动挨打的局面，所以我们一定要配合好。"

"郑司令你放心，我们会发扬我军不怕牺牲、英勇奋战的精神，力争把这一仗打好，不辜负支队首长的期望。"王彪回应道。

"郑司令，我们政治处会发挥我军的政治优势，教育好部队发扬共产党员的先锋模范作用，英勇杀敌，力争打好这场仗。"张华基也忙着在旁边补充道。说完，王彪、张华基向郑群敬了个军礼，便带着部队到东江东岸布防去了。

24日下午一时许，敌人进入伏击地段，部队迅速向预定方向秘密运动，缩小包围圈，并以强大火力压向江心，不让敌人有喘息之机。

经过两个多小时的激战，打垮了敌人梁桂平护航大队。此战，是粤赣边支队成立后，集中优势兵力，主动积极打击敌人，外线出击的第一次胜利，大大地鼓舞了士气，为夺取更大胜利打下了思想基础和物质基础。

虽然取得了白马战斗的胜利，但仍然未能从军事上根本扭转九连地区的斗争局势。九连山腹地的忠信、大湖、和平及河东地区仍驻扎着国民党军队。它不但威胁着支队司令部所在地河西区的安全，而且在根据地周边横行无忌、蹂躏百姓、烧杀抢掠、无恶不作，人民群众深受其害。为了迅速扭转战局，粤赣边支队司令部决定在内线寻找战机，给占据根据地内重要据点之敌以狠狠的打击。

支队领导在战前进行了认真的研究和充分的准备，全军上下思想动员，开展立功创模运动，纷纷组织尖刀班、火线立功参党班、党员先锋班等突击队伍。全体指战员情绪高涨，有的互赠物品留作纪念，有的写下遗书嘱托战友，有的慷慨激昂滴血为誓，指战员们决定牺牲自己的一切，换取战斗的胜利。

为了打击国民党军队的嚣张气焰，支队准备打一次歼击战役，首先派人到实地勘察地形，再做出周密的战斗部署，诱敌深入至距大湖十里的绣缎狮子脑山围而歼之。狮子脑山海拔约400米，周围都是丘陵，主峰前有两个小山头，小山头有一片开阔地，左右两侧都是矮山，对伏击极为有利。

15日凌晨，粤赣边支队第三团4个连队在地方部队的配合下，秘密向大湖运动，拂晓前进入伏击地点，形成"U"字形阵势。上午8时左右，郑群派了一支小分队到大湖引诱敌人，敌人见到这支小分队人数不多，就立刻倾巢出动，穷追不舍，猛扑而来，嘴里狂呼乱叫"抓活的"！

小分队且战且退，佯装败退，按预定路线一步步把敌人引诱到伏击圈内。等敌人一到，第三团的两个担任正面作战的连队立刻开火，集中火力给敌人迎头痛击。与此同时，左右两翼部队也迂回、穿插到敌后两侧。直到这时，敌人才发现自己上当，想要夺路而逃。可是这时郑群又当机立断地下令，缩小包围圈，封死"U"字形口袋，发挥手榴弹在近距离作战的作用，敌人腹背受击，瞬间伤亡大增、火力减弱。趁此机会，郑群再次下令冲击，参战部队四面包抄，与敌人展开了白刃战。最终，粤赣边支队在狮子脑山大获全胜。

战斗结束后，支队司令部做出开展杀敌立功竞赛运动的决议，开展以连队为单位的评比活动，授予战功显著的连队"钢铁连"流动红旗光荣称号，政治部主任黄中强为此特意创作了《钢铁连之歌》。此后，《钢铁连之歌》唱响九连地区，极大地鼓舞了粤赣边支队全军指战员的斗志。

11月25日，粤赣边支队经过10天的休整后，派出侦察人员寻找战机，经侦察探悉国民党保安五团一个加强连和兴宁税警纵队缉私队一个排，不日将由河源沿东江向柳城、老隆方向护航。敌人自白马遭受打击后，护航之敌都在东江东西两岸溯江严密搜索，后登山沿途戒备，掩护航队前进。

粤赣边支队获此情报后，立即派出小分队详细侦察地形，选择伏击地点。11月29日黎明前，郑群亲率三团、四团几个主力连队进入河源鹤塘伏击地段，部署善于固守阻击的桂林队在江边上游担任正面

拦截阻击，其余连队埋伏于敌人搜索圈外的两侧山头。

敌人也获悉江边两岸有游击队活动的情报，但在九连地区仍未受挫的保安五团指挥官根本不把游击队放在眼里。指挥官十分骄横地对其部下说："前面有红军又怕什么！歼灭它！"并命令其搜索部队继续前进。同时，急令其驻扎于和平东水的部队驰援接应。

在敌军进入伏击圈后，桂林队正面阻击首先打响，给西岸前头之敌狠狠打击。西岸之敌因搜索前进，兵力分散，火力难以集中，弱点暴露无遗，经突然打击而向南溃散。

粤赣边支队三团的珠江队、九江队和云南队趁此良机，奋力合围，包抄聚歼。此时，东岸之敌以密集炮火向西岸轰击，企图帮西岸之敌突出重围。可是粤赣边支队其余各部迅速逼近敌阵，封死敌人向下游逃窜的路口。敌人无奈之下，只能向桂林队阵地正面突围，却被桂林队组织的一次次反击击退，被紧紧压在东江西岸边，始终未能突破桂林队的钢铁防线。战至最后，保安五团第十二连及税警总队一个排的敌人在西岸除个别得以跳江逃生外，其余全被击毙或俘虏，此役有效地打击了保安五团的嚣张气焰。

12月中旬，保安十三团在曾天节的带领下横渡东江，进占河源曾田、柳城一带，并多次与粤赣边支队第四团接触摩擦。为防敌保安十三团倾巢出动，向河西上莞、船塘根据地进犯，粤赣边支队第四团在团长王彪、政委张华基的带领下构筑防御工事，设防于上莞坳，第三团、第六团和第七团则在骆湖加强戒备，以防敌人之突袭。

果不其然，12月24日，曾天节带领的保安十三团的一个营于深夜从曾田出发，图谋偷袭骆湖。粤赣边支队虽然料敌先机，已经有所准备，但敌人一改拂晓进击之常规，提早出动。粤赣边支队第三团部队未进入阵地，敌人已经抢先抵达戒备小分队的前沿阵地，占领山头制高点，居高临下，利用优势装备，集中火力向第三团戒备小分队压来。

危急中，部队被迫仓促应战。因地势对我方极为不利，如继续与敌对峙，则将造成重大损失。在这关键时刻，我们智勇双全的郑群司令员根据敌我情势，当机立断，命令正面部队交替掩护，主动后撤十里，步步诱敌深入。与此同时，左右两翼部队与敌人同步运动。当正面部队后撤至有利地形时，立即命令部队进入战位，展开正面反击，两翼部队适时包抄。经过三四个小时的激烈战斗，粤赣边支队将深入之敌一个连的兵力全歼。

骆湖大坪之战，粤赣边支队所部在敌情突变的不利情况下，各级指挥员处变不惊、临危不惧、沉着应战，化被动为主动，参战队员英勇顽强、能攻善守，部队上下同心，共同取得了这次歼灭装备精良强敌的胜利，给保安十三团一个狠狠的打击。经此一战，粤赣边支队指战员大大增强了打破敌人"清剿"计划、夺取反"清剿"胜利的信心。之后，粤赣边支队司令部决定继续寻找战机，再次给"进剿"之敌以沉重的打击，从根本上扭转九连地区的战局。

1949年1月初，粤赣边支队独立第五大队派出侦察小分队，进入河源城，获悉国民党保安十三团第二营全部、第一营第三连及一个机炮连共700余人，将由河源出发，沿东江河岸护送一批军用物资溯江而上，到其驻地蓝口镇。粤赣边支队决定给保安十三团以歼灭性的打击，经认真研究选择伏击地段后，决定在义合附近的大人山截击此敌。

1月8日，郑群率领三团、四团、七团及独立第五大队各一部共1500余人，从上莞等地分赴距河源20余公里的下屯仙塘之间山地设伏。时值隆冬，顶着寒风夹着小雨的天气，部队埋伏在设伏地点两天两夜后，仍不见敌人动静。由于指战员普遍衣着单薄，所带干粮亦已告罄，指战员再坚持下去可能会遭受更大的困难，所以指挥部只好下令撤伏，准备另觅战机。

可谁想到，就在撤伏命令下达没多久，而且整个粤赣边支队所部大都撤出埋伏时，突然发现敌人船队溯江而上的踪影，护航的敌人也正从西岸搜索行进中。形势变化，指挥部旋即又下令已撤部队火速返回。

此时，大人山主峰及其左右两翼山头已被敌军占领，粤赣边支队已经丧失地理优势，无法伏击作战。鉴于此，指挥部决定改变原来的作战方案，变为先夺左右两翼山头，后攻击敌人设置机炮阵地的大人山主峰。

战斗从下午2时开始，经过两轮冲击后，粤赣边支队成功拿下左右两翼山头，敌人的大部队也退往大人山主峰。虽然成功拿下两边山头，但是伤亡却比较大，阵地又没有担架，只好由各连派人将伤员送往后方，致使进攻火力减弱，加上指战员也饥饿疲乏，战斗力受到一定影响。

看到战士们一个个倒在进攻的路上，四团团长王彪心里阵阵抽痛，他觉得再攻下去部队伤亡会更大，于是他拉着张华基准备跑到支队指挥部去。张华基知道王彪的想法，劝王彪不要去，去就是挨批。但王彪还是跑到了支队指挥部去了，向郑群司令员请示："郑司令，能否暂不进攻，先把敌人围起来，待部队休整后，再择机进攻？"

"不行！我军伤亡很大，敌人伤亡更大，现在拼的就是最后五分钟，谁的意志更顽强、更坚定，最后的胜利就属于谁。"郑群坚决不同意停止进攻。

过了一会儿，郑群见王彪思想还没转过弯来，就说："王彪同志，如果你觉得四团进攻有困难，那我就改为魏麟基同志的三团做主攻，你们团撤下来！"

"那怎么行，我们团打了大半天，让老魏的三团来捡便宜？不行、不行。"王彪听到支队首长不信任他们，感觉受到极大的侮辱，连连摇头。

"那你们想怎么样？进攻又不行，退下又不行。"郑群很威严地质问王彪。

"郑司令，我听你的，我马上回去组织进攻，跟敌人拼最后一口气！"说罢，王彪向郑群敬了个军礼，便气鼓鼓地走了。

看着王彪生气地走了，郑群在后面就笑了，他的激将法成功了。

王彪回到四团指挥部后，马上与政委张华基商量："政委，我刚去支队指挥部被郑司令批了一顿，他想把我们撤下来让三团上。我不干！我们再好好研究一下，如何拼最后一口气，把大人山主峰拿下！"

"团长，我早就叫你不要去的对吧，你硬是不听。"张华基笑着对王彪说道。

四团马上召开阵前会议，重新研究攻打大人山主峰的方案。团党委决定一面加强阵地政治思想动员，一面重新组织兵力。在各级干部带领下，纷纷组织党员先锋班、党员预备队、火线入党班、肉搏团等，

誓与敌人血战到底。

在敌人炮声隆隆的轰击下，粤赣边支队四团各连、排长，共产党员带领肉搏团、先锋班等突击队从四面向山顶冲击。年仅 16 岁的战士曾汉道，飞步攀上悬崖，一手抓住敌人封锁道路的机枪，竭尽全力与敌拼搏。突击队员乘虚蜂拥而上猛扑敌阵，先投手榴弹轰击，随后短兵相接，展开最为激烈的白刃战、肉搏战。经一番厮杀格斗，敌人即溃败缴械投降，最后将第一营又两个连的兵力彻底打垮。

通过此战，有力说明：粤赣边支队在战术水平和战斗纪律方面已有很大的提升；指战员英勇顽强，不怕牺牲，特别是党员干部真正起了先锋作用，使部队战斗力大为提高；政治思想工作做得好，因而部队自始至终保持着旺盛的斗志。

粤赣边支队由于能够吸取经验教训，掌握正确的军事指导思想，集中优势兵力，主动积极寻找战机歼灭敌人，这是取得黄田白马、大湖狮子脑、河源鹤塘、骆湖大坪以及义合大人山五战五捷，并根本扭转全局局势的主要原因。其重大意义不仅在于粉碎了敌人企图于河西一隅全部消灭粤赣边支队主力的阴谋，而且彻底粉碎宋子文的所谓"清剿"，为建立大块的巩固的根据地创造了理想的条件。

双管齐下

1949 年，随着人民解放战争形势一片大好，驻防蓝口镇的国民党保安十三团团长曾天节也站在了一个历史岔路口。

季冬的傍晚，心烦意乱的曾天节登上团部佐吉楼的楼顶，凭栏远眺，天色渐晚，夕阳远逝，东江河蜿蜒着自东北向西南流去，往事穿过暮色向他走来。

曾天节，原名志文，后改名曾勋，广东五华县华城镇维西村人，1906 年 9 月 23 日出生于贫苦家庭。曾天节在五华中学读书时，经常阅读《新青年》《向导》等进步刊物，思想进步活跃。1925 年 3 月，黄埔军校政治部主任周恩来率东征军到五华，曾天节作为学生代表受到周恩来接见。1926 年 7 月考入黄埔军校第六期，1927 年春加入中国共产党，回乡投身五华农民运动。1927 年 8 月，中共东江特委派巡视员刘琴西来五华，主持改组中共五华县特别支部，在梅林庵子塘成立"中共五华县委员会"。曾天节（曾勋）任中共五华县委书记，兼任东江特委委员。同年 11 月，改由古大存担任中共五华县委书记。

1928年1月，在兴宁养病的曾天节脱离中国共产党组织，加入了国民党阵营，参加国民革命军第四军，历任参谋、队长、主任、少将、高参等职。他治军有方，号称"铁人"，在广东国民党中颇有威信。

1947年，国共内战白热化。国民党原行政院院长宋子文任广东省政府主席，兼广州行营主任和广东军管区司令。宋子文将原来的广东保安部队重新整编，同时新建五个美式装备、甲种编制（每团3200人）与正规军一样的保安团，简称保十一、十二、十三、十四、十五团。曾天节任保安十三团少将团长。

1948年1月，保安十三团在惠州成立，10月上旬，保安十三团调防河源县蓝口镇，在蓝口地区履行"绥靖"任务，对河东解放区进行"清剿"。

粤赣边支队成立后，三战三捷，将国民党保安十一团、保安十五团都打怕了，未曾与东二支正面交锋的保安十三团却气焰嚣张、放出狂言："这些山巴佬部队有什么战斗力？看我们的！"

然而，正是这"山巴佬"部队，把他打得没有了脾气。交手以来，损兵折将，迭遭战败。联想到国民党在战场上的节节败退，反动政权风雨飘摇，他忐忑不安，心乱如麻。

"团座，我回来了。"曾天节回头一看，是他的一个远房亲戚，在保安团当连副，两天前在大人山战斗中被俘。

"你还回来干什么？丢人现眼的东西！"曾天节训斥道。

"我有事跟你说！"远房亲戚神秘地说。

曾天节迟疑地看了他一眼："跟我来。"

在曾天节的房间，远房亲戚将一封信交给了曾天节。

原来中共香港分局遵照毛主席提出与南京国民党政府及其国民党地方政府和军事集团进行和平谈判的"八项条件"，结合全国解放战争形势，为了避免人民财产受到损失，减少不必要的流血牺牲，要求粤赣湘边区纵队加强对敌策反起义工作，争取国民党军高级将领和建制部队站到人民方面来。

前些时间，粤赣湘边区纵队通过内部情报得知曾天节对蒋介石集团已渐渐失去了信心，正在徘徊于两难之地。纵队领导分析认为：保安十三团建制满员，装备精良，如果能策反其起义，将对整个广东境内的武装力量格局产生巨大的影响。于是决定对保安十三团采取政治进攻和军事威迫的两手策略，政治和军事互相依赖、互相配合进行，双管齐下，又打又拉。尹林平将这个任务交给与保安十三团正面交手的东二支。

当发现大人山战斗俘虏的副连长是曾天节的远房亲戚时，东二支领导当即决定由政治部联络科科长钟雄亚以同学兼同乡的身份给曾天节写信，劝告曾天节认清形势，脱离反动阵营，弃暗投明，早日回"家"。

曾天节看完钟雄亚的信后，仰天长叹一声，心想这个"家"，他还回得去吗？但不管怎么样，先解决眼前问题再说！他叫人找来副团长刘勉、政工主任张增培商量，都一致主张先与粤赣湘边纵队接触，停止互相摩擦，保存实力，实力就是本钱，不管是打是和，都是靠实力说话的。于是让远房亲戚回去告诉钟雄亚，同意谈判。

边纵和东二支党委领导对谈判代表和谈判策略做了慎之又慎的研究，派出的代表既要考虑与对方的对等关系，要熟悉政治、军事大势，能权谋应变，巧于应付，立于不败之地，又必须有出生入死、敢

于牺牲、保全大义的决心。经反复商讨后，决定派东二支第六团团长林镜秋为主要谈判代表，并率六团负责安全保卫。

1914年10月，林镜秋出生于和平县古寨镇水西村一个贫苦家庭。1935年毕业于和平县立中学，1939年7月加入中国共产党。1945年9月随东江纵队第三支队挺进九连山开辟革命根据地，1947年3月担任中共九连山区临时工作委员会委员和东区工委副书记，领导和东区的武装斗争，有着丰富的斗争经验。临行前，边纵参谋长严尚民亲自找他谈话，面授机宜。

谈判地点设在曾田乡玉湖村文笔塔水口周老下屋，时间为1949年正月初三，我方代表林镜秋、政治部联络科科长钟雄亚，保安十三团代表为副团长刘勉、政工主任张增培，双方签订了一些协议诸如停止交火、一些紧缺药品无偿供给东二支队等。但对于起义，保安十三团显得有些模棱两可，犹豫不决。

边纵和东二支领导听取林镜秋的谈判情况汇报后认为开端良好，必须趁热打铁。严尚民指示黄中强代表边纵给曾天节写信，敦促保安十三团起义。

黄中强将写好的信交给严尚民："严参谋长，信写好了，请你过目。"

严尚民接过信，念了起来：

"先生深知大义，洞悉大势，人心向背，顺逆之理，成败利钝，胸有成竹，不言而喻，何甘长此觍颜朋奸，同归于尽，而明哲保身，知难而退，见机而行，百训昭彰，识时务者为俊杰，为忠为奸，何去何从？先生其善自处矣，时乎不再，稍纵即逝，当机立断，请速图之！"

"写得真好！笔酣墨饱，班马文章！"严尚民赞道。

"妙笔生花！"郑群夸了一句。

"匕首投枪！"钟俊贤接了上来。

"钟政委，匕首比郑司令的机关枪可就差远啰！"黄中强也打趣地说。

"得了吧，我可比不上你们，个个能文能武的！"郑群对严尚民、钟俊贤、黄中强他们说。

"马上发出去！"笑过之后，严尚民对黄中强说。

信通过钟雄亚转到曾天节手中，曾天节一连看了两遍，久久没有说话，心灵受到了极大的震撼。过了半天才把信交给刘勉、张增培他们，感慨地说："没想到共产党那边有如此了得的人才，不得天下才怪呢！"

在人民解放战争节节胜利，蒋家王朝迅速崩溃的形势下，一些国民党军政人员，有的彷徨观望，在寻找出路；有的则主动与我党联系，表示愿意立功。曾天节也不例外，已有"归顺"心思的他，同意与中国人民解放军粤赣湘边区纵队谈判，并指名要黄中强参加。他既想一睹黄中强的风采，更想在谈判桌上与这位共产党才子较量一番。

"黄主任，该你出马了，林镜秋与你一起去。"严尚民在会上对黄中强说。

"是！"黄中强迎着严尚民期待的目光，沉声应道。

"秀才巧舌如簧，能言善辩，定能马到成功！"郑群笑道。

"别在那里穷酸了，谈判安全保卫怎么安排？"严尚民瞪了郑群

一眼。

"准备仍由六团负责警卫，加派四团策应。地点要换一下，改在曾田横坑，怎样？"郑群说。

"可以。"严尚民满意地点点头。

"是不是带个联络员去？谈成了就留在保安十三团，方便双方联络。"钟俊贤提议说。

"还是钟政委想得周到，派谁去好呢？"严尚民问。

"政治部联络科的刘坚怎么样？他长期从事地下工作，认识他的人不多。"黄中强说。

"就他了。"严尚民定了下来。

三月的横坑村，春光明媚，桃花灼灼。

黄中强和林镜秋等一干人员准时来到谈判地点——半径邱屋，已先行抵达的保安十三团副团长刘勉、政工主任张增培赶紧站了起来。

"这是解放军粤赣湘边纵队东江第二支队政治部黄中强主任。"林镜秋介绍说。

刘勉举手向黄中强敬礼，一脸歉疚地说："黄主任，实在对不起！我们团座临时有要务，不能参加会谈。他要我转达歉意，授权我和张主任与贵军商谈起义的具体安排。"

"好，我们坐下来谈吧！"黄中强平和地说。

刘勉和张增培见气宇轩昂的黄中强如此大度，松了一口气。

"黄主任，你先给我们说说当下时局吧？"张增培恭敬地说。

"可以的。"黄中强从毛主席的新年献词《将革命进行到底》谈起，再谈到毛泽东主席在1月发表的《关于时局的声明》，解读我军与南京国民党政府及其国民党地方政府和军事集团进行和平谈判的"八项条件"。然后话锋一转："刚结束的平津战役想必你们都知道了，天津守敌拒绝接受和平改编，解放军仅用 29 小时就攻克天津，国民党守军 10 个师 13 万人全部被歼，警备司令陈长捷被俘。而傅作义将军响应中国共产党'停止内战，和平统一'的主张，毅然率部起义，促成北平和平解放，使古老的文化古都北平及其全部珍贵历史建筑完好地得到保存，200 万名北平市民的生命和财产免遭战火兵燹，这一义举将会在历史上留下厚重的一笔。"

黄中强接着分析国共双方的力量对比："平津战役之后，国民党军五大主力全部覆灭，精锐部队丧失殆尽，解放军迅猛增至 400 万人，其中野战军 218 万人，国民党军队只剩下 220 万人，其中正规军 146 万人。胜利的天平已经倾向于中国人民解放军一边。回去转告你们的曾团长，解放军已饮马长江，人民解放战争的胜利指日可待，这是大势所趋，民心所向。别心存幻想执迷不悟了，与其束手待毙，不如反戈一击，以傅作义将军为榜样，迷途知返，走向光明大道！"

黄中强停下来喝了一口水，观察刘勉、张增培的反应，放缓语气说："你们也不要有顾虑，我们党的政策历来是：对起义部队一律欢迎，不咎既往，立功受奖。我们边纵林平政委说了，革命不分先后，只要保安十三团走和平起义之路，回到人民这边来，以往一切不再追究，包括三家村战斗。"

刘勉、张增培听到"三家村"三个字，立即惴惴不安。1948 年 10 月 11 日，保安十三团夜袭惠阳县宝口镇三家村，天未亮就将广东人民解放军江南支队包围，双方激烈交火，伤亡惨重，江南支队第一团副

团长肖伦在战斗中牺牲，广东人民解放军司令员兼政委尹林平率部艰难突围。这事已成为粤赣湘边纵队无法逾越的坎，曾天节及保安十三团官兵也一直为此事感到纠结。现在听到边纵司令员兼政委尹林平表态不追究此事，刘勉、张增培顿时吃了定心丸，气氛融洽了许多。

张增培由衷地说："黄主任，听君一席话，胜读十年书！"他也是搞政工的，同行相惜，深深地被黄中强的才华所折服。

双方就保安十三团起义的时间、步骤、作战的战略要求及起义后部队改编的问题，进行了详细磋商。最后商定起义时间定在解放大军渡江南下将入粤时。

会后，刘坚跟着刘勉回到保安十三团团部，安排在团部当秘书，改名刘云，负责两边的联络工作。

曾天节没有来参加谈判，他带着太太以旅游的名义到香港去了。工于心计的曾天节，看到国民党政权确实无法挽回了，便煞费苦心谋求退路，黄中强的来信，使他幡然醒悟，豁然开朗，促使了他的香港之行。

在香港，曾天节与保安十二团副团长魏鉴贤找到了中共香港分局统战部部长兼香港工委书记饶彰风，通过饶彰风引荐，见到了中共香港分局书记方方，表示了脱离国民党、投向人民的意向，汇报了敌我情况及起义计划，建议把包括广东省绥靖公署副主任吴奇伟在内等粤东国民党将领拉进来一同起义。方方热烈赞扬他们回到人民怀抱的正义行动，对他们起义的时间等问题作了指示。饶彰风还与曾天节、魏鉴贤具体商谈有关起义的宣言和行动计划。此后，中共香港分局将情况转告粤赣湘边纵队党委和闽粤赣边纵队党委。

1949年4月20日，南京国民党政府拒绝在和平协议上签字，谈判破裂。4月21日，毛泽东主席、朱德总司令发布向全国进军的命令，人民解放军4月21日强渡长江，23日占领南京，宣告国民党反动统治的覆灭。

随着解放大军南下，保安十三团起义的各项准备工作也在紧锣密鼓地进行。然而，国民党察觉保安十三团的异常，开始对曾天节起了疑心，新任的广东省政府主席兼省保安司令薛岳于5月4日命令保安十三团编入新成立的保安第五师序列，立即开回东莞石龙广九线驻防。薛岳同时命令196师葛先才部前往蓝口接防。紧接着，保安司令部、保五师师部也来电急催调防。

196师是国民党的正规军，从淮海战役败下来在湖南休整后调防广州，接到命令后当即开拔，由水路经惠州、河源向蓝口开来。此外曾天节还获悉154师在向海丰推进，131师在向梅县推进，种种迹象表明，薛岳可能已经得知起义计划。

保安十三团原订计划是待解放军的正规军靠近后实施战地起义，现在部队一旦移动，不仅失去天时、地利、人和，边纵解放老隆的设想和中央香港分局的粤东策反计划都将落空。

6日晚，曾天节接到196师参谋处处长张某某（为其同学）的电话通知，该师决定于5月12日由河源出发，限14日到达蓝口接防。

情况紧急！曾天节当即召集刘勉、张增培、谢永珍（团副）、余甫君（军需主任）及刘云等开了个紧急会议，决定由刘云立即向边纵汇报，请边纵派负责人到保安十三团共商对策，或者约定时间、地点，由曾天节亲往会谈，共商起义大计。

接到刘坚报告，严尚民与郑群、钟俊贤、黄中强等开会研究，大

家认为不宜前往蓝口保安十三团团部谈判,在请示尹林平政委后,决定7日晚10时在东江西边的蓝口镇咸水塘新屋仔与曾天节会谈。

咸水塘,位于蓝口镇长江头村境内,以塘内涌出泉水咸而得名。

夜色降临,凉风徐徐。一条小船渡过东江,停靠在河西渡口,走下几个农民打扮的人,越过警戒线,朝咸水塘走去。这是曾天节带着张增培、刘云等人,前往赴会。路上遇到多处哨卡,在刘云回答了口令后放行,曾天节注意到沿途都严密布置了警戒。

午夜时分,曾天节一行到达蓝口咸水塘新屋仔。大屋正厅里两张八仙桌拼在一起,边纵参谋长严尚民、东二支司令郑群、政治部主任黄中强和林镜秋坐在一侧,已等候多时,曾天节、张增培等四人进屋后坐在另一侧,昔日兵戎相见的对手,坐到了一起,互相打量着对方。

曾天节仪表堂堂,一身农民衣着难掩其军人气质。他双眼定定地望着严尚民等人,见对方个个容光焕发,气度不凡,目光坚定而自信!他心底一阵寒凉:这哪是什么"山巴佬",分明是风度翩翩文武双全的儒将!他来时的傲慢不知不觉地收敛了许多。

寒暄之后,严尚民吩咐上菜,边纵为谈判准备了夜宵,这夜宵可不含糊,"火头军"张惠明亲自下厨,有客家名菜白斩鸡、清蒸东江鲫鱼、东江酿豆腐、咸菜焖猪肉、油爆河虾以及其他时鲜蔬菜,严尚民热情地招呼曾天节:"吃饭!边吃边谈。"

曾天节没有动筷,他眨着眼对严尚民说:"严参谋长,少上了一样东西吧?"

严尚民愣了一下,马上醒悟过来:"林团长,去拿酒来!"

曾天节心高气傲,看到仗打不过边纵,谈判说不赢边纵,看见饭菜就动了歪心，想在酒桌上找点面子回来。

林镜秋给大家倒上农村白酿的水酒，由于酒度数低，喝酒都是用碗的，一"杯"酒实际上就是一碗酒。严尚民端起酒碗，说："不好意思，我们条件有限，就请曾团长喝杯客家黄酒吧！来，我们大家举杯，欢迎曾团长的义举，干！"

"参谋长，我就免了吧。"黄中强面有难色地说。

"那怎么行，这杯酒一定要喝！"曾天节发现了主攻目标，心里暗喜，看着黄中强勉为其难地把酒喝了。

曾天节倒满一碗酒，恭敬地对黄中强说："黄主任，你的大作真是文采斐然，读后如醍醐灌顶，令我茅塞顿开，我敬你一杯酒！"

黄中强端坐不动："要喝可以，上次谈判你无故爽约，先罚酒三杯。"

"对！先罚酒三杯！"郑群大声起哄。

曾天节骑虎难下，忽然心生一计，示意张增培等人站起来，一齐把酒喝了，笑嘻嘻地对黄中强说："我已罚酒三杯，这回你总该喝了吧？"

"你才喝一杯，还差两杯。"黄中强不认账。

"你说罚酒三杯，我们已经喝了三杯，不能说话不算数吧？严参谋长，你来评评理！"曾天节赖上了。

"哈哈，这真是'秀才碰到兵，有理说不清'！我来代黄主任把这杯酒喝了吧！"郑群摇了摇头说。

"不行，黄主任，这杯酒你不喝，就太没有诚意了！"

黄中强不亢不卑地站起来，二话不说，端起酒一口喝完，碗底

朝曾天节一亮，曾天节愣了一下，也把酒喝了。黄中强示意林镜秋给曾天节倒上酒，言笑自若："来而不往非礼也！曾团长，我回敬你一杯。"端起酒碗与曾天节碰了一下，微笑地说："曾团长，希望喝了这杯酒后，我们就是一家人了！"说完仰头一口把酒干了。

"一定！一定！"曾天节赶紧把酒喝了。

林镜秋看这架势，知道曾天节他们不会善罢甘休，他得主动出击，当下便站起身来对张增培说："张主任，我们俩是第三次见面了，我们也来三杯吧！"

张增培听了连忙摆手："你放过我吧，我投降。"

曾天节听到"投降"二字，登时七窍冒烟，恼怒地瞪着张增培，却又不好发作，气得说不出话来。严尚民见状赶忙说："是起义！不是投降。曾团长，酒就到此为止吧，等打下老隆，我们再喝庆功酒！现在我们开始谈正事吧！"

"好！"曾天节顺势下坡。

接下来与其说是谈判，不如说是开联席作战会议。当晚商定起义时间初定为5月12日，由曾天节加紧催促李洁之、魏汉新、蓝举初等响应行动，并立即通知吴奇伟、肖文等前往香港。会上认真研究了攻打老隆的作战计划，根据敌我军事力量的分布，确定对老隆采取围点打援、各个击破的方针，即围攻老隆寨顶的保四师师部，打击可能从和平、河源等处来的援兵，进而歼灭老隆守敌。会上对补充东二支粮食械弹作了安排，由边纵负责发动上莞、船塘解放区群众千余人，于5月11日到蓝口接运保安十三团的枪械物资。

曾天节要求边纵派代表参加领导起义工作，严尚民答应了。然后神情严肃地对曾天节说："我们边纵梁威林副政委要求你们在起义之前设法把黄村乡的张其勋、程兰亭，叶潭乡的黄茹吉、黄鬼头等反动头目抓起来，防止他们逃跑。"

见曾天节面有难色，黄中强插话说："这事不难，你可以清剿解放区的名义饬令各乡公所、乡警、联防队所有人员到蓝口集中，扣押反动头目，收编土顽武装自卫队参加起义。"

曾天节听了拍手叫好，严尚民、郑群、林镜秋也纷纷点头赞许。

会谈一直到凌晨四点多才结束，回驻地的路上，严尚民对黄中强夸赞说："秀才不简单啊，可以当参谋长了！"

"严参谋长，你就别拿我开玩笑了。"黄中强不好意思地说。

"秀才，你藏得够深的啊！"郑群悻悻地说。

黄中强急了，忙辩道："郑司令，我从来没有喝过这么多酒，但当时那个场面，我能认尿吗？哪怕是当场喝倒趴下，我也不能给咱们粤赣湘边纵队丢脸啊！"

"我们都替你捏了一把汗哩！"林镜秋笑着说。

8日拂晓，曾天节返抵蓝口后，立即开始起义行动，将分散各乡兵力收拢到蓝口，不断派人发出书信电报给李洁之、魏鉴贤、魏汉新、蓝举初、李汉冲等，告知起义时间，催促他们同时响应；又马上电知肖文、吴奇伟立即赴港。事后得知肖、吴接电后，即秘密便装出走香港，然后通知其家属到港。

听到每天都有不利于国民党的消息传来，张其勋、程兰亭等人再也坐不住了，他们预感到国民党统治集团的大厦将倾，自己的末日即将来临。

这天，张其勋、程兰亭和副乡长李贯英又坐在了一起，唉声叹气地商量出路。张其勋忧心忡忡地说："兰亭兄、贯英弟，蒋委员长的国民政府这样下去恐怕很快就要垮台，我们应该早做打算，想办法逃到香港或台湾去。"

"乡长说得对，像我们这种双手沾满'亚红伯'鲜血的人，共产党是绝对不会放过我们的，一旦被抓，下场可想而知。但怎么走法，倒要好好谋划。"程兰亭对张其勋的话深表认同，实际上他已在暗中做好了逃跑的一切准备。李贯英在一旁没有吱声。

就在这时，保安十三团黄村墟驻军连长过来通知他们说："乡公所及警察署、联防队所有人员于 5 月 9 日到蓝口集中，参加清剿上莞、船塘解放区行动。"

张其勋问驻军连长："贵军什么时候开拔？我们想跟你们一起走。"

"可以，明天上午 8 点准时出发。"

张其勋和程兰亭想借这次集中的机会与曾天节攀上关系，或许能找到外逃的办法。

5 月 9 日，东江义合乡以上各乡的任职人员及土顽武装自卫队等，按照曾天节的命令，陆续来到保安十三团蓝口驻地，乡长等头目被当场扣押，关到蓝口乡公所的监房里由保安十三团警卫连严密看管。其余的人被收缴武器，集中在学校里，等候收编。

下午三点多，张其勋、程兰亭一行到达蓝口保安十三团驻地，旋即被同行的保安十三团黄村驻军缴了械，张其勋被士兵从高头白马上扯下来，他边挣扎边叫喊："你们要干什么？我要找你们曾团座！"

但没有人理睬他。没多久，团部警卫连来人，把他们押往蓝口乡公所监房，当张其勋看到已经关押在这里的黄茹吉、黄鬼头等人时，绝望地哀嚎："完了，完了，我们被曾天节卖了……"

曾天节在楼上看到了刚才一幕，长长地吐出一口气。

红旗飘飘

中国人民解放军的隆隆炮声，像春雷炸响大地一般，从北往南传来。解放军的南下部队以雷霆万钧、秋风扫落叶之势千里跃进，打得国民党蒋介石的残兵败将望风而逃、溃不成军。

1949年5月10日早上，在东江上游的河源县（今东源县）柳城乡东四支司令部里（保安十三团已起义，整编为中国人民解放军粤赣湘边纵队东江第四支队），曾天节已将国民党将军服脱下，穿上解放军师级干部军装，正神采奕奕、兴高采烈地与郑群、黄中强等纵队代表商量十点钟东四支队的成立大会事宜。

"报告，四团副团长张惠民奉命前来报到。"张惠民一进指挥部，就向郑群、黄中强、曾天节等人行了个庄重的军礼。

为了让昨天还是国民党部队的保安十三团，能成为真正属于人民的军队，曾天节向纵队请求，从纵队里抽调一批能力强的政工干部、战斗骨干充实他的部队。张惠民带领的200多名干部战士，就是被抽调来东四支队工作的。

"我们的火头军，这么早就带部队赶到了，好样的。"黄中强与张惠民边握手边打趣般地向曾天节介绍道。

"报告黄主任，根据纵队和支队首长指示，各部队抽调的干部战士，三天前就在蓝口镇集结完毕，并进行了必要的培训。纵队首长要求我们一定要尊重东四支队的新战友，虚心向他们学习，搞好团结。今天天没亮，我就带部队出发了，怕耽误时间，误了大事。"

"对，火头军，你说得很好，你知道吗？我们的曾司令在抗日战争时期，就是一名抗日骁将，东四支队的战友们在抗日战场上，把日本人打得哇哇叫，他们对我们中华民族是有功的。现在又集体脱离蒋介石反动集团，参加我们解放军，理应尊重。"郑群再次向张惠民强调部队团结的重要性。

听完郑群与张惠民的对话，久经沙场和官场的老手曾天节感慨万千。什么叫光明磊落，什么叫实事求是，共产党的队伍就完全做到了光明磊落和实事求是。自己和自己的部队只是与日本鬼子打过几次仗，共产党就记着自己的好，不念自己过去的"恶"，还要团结尊重刚刚起义的部队，这就是共产党人的胸怀。

"张团长，欢迎你们到东四支队指导工作。"曾天节紧紧握着张惠民的手，喜笑颜开地说道。说完，他又不解地转过头来看着黄中强，问道："黄主任，你怎么称呼张团长为火头军呢？"

"叫火头军不好吗？要知道，名满天下的唐朝大将薛仁贵，也是火头军出身。张团长参加革命前，是在崇伊中学伙房工作的，所以我们这些熟悉他的老战友，都戏称他为火头军，哈哈哈……"介绍完后，黄中强忍不住开口大笑，在场的人听完后，也不禁跟着大笑起来，新

旧部队人员关系在一片大笑声中不知不觉融洽了几分。

解放军官兵平等，亲如兄弟的氛围，又一次强烈地感染了曾天节及原保安十三团起义官兵。国民党等级森严，打骂下级甚至克扣军饷都是十分常见的事。两相对比下，原保安十三团的官兵们自然为自己未来一片光明而庆幸。曾天节更是下定决心，从此永远跟着共产党走，为人民打天下。

"张惠民同志，丘兴那小鬼来了吗？"笑过一阵后，黄中强忽然向张惠民问道。

张惠民："根据你的通知，丘兴三天前就抽调来了。"

黄中强："你去把丘兴找来，我有个重要任务要交给他完成。"

"是！"张惠民向黄中强敬礼后，就小跑出去找队列中的丘兴。

不一会儿，丘兴跟着张惠民来到司令部。"小鬼，过来，听说你有进步，现在当上排长了。"黄中强一见丘兴，就如同兄长般拉着丘兴的手嘘寒问暖，十分热情。两年前，丘兴还是发育并不成熟的少年，现在再看，已经成长为智勇双全的真正战士，怎能不叫人高兴。

"报告黄主任，我之所以进步那么快，都是党组织和首长培养的结果。"丘兴站得笔直，谦虚地说道。

"很好，丘兴同志，现在交给你一个艰巨又光荣的任务，有没有信心完成？"说起正事，黄中强脸色严肃起来。

"报告首长，有信心！就算是上刀山、下火海，丘兴都保证完成任务。"只见丘兴又一次挺胸立正，大声说道。

"倒不用你上刀山、下火海，但这个任务对你来说却非同一般，就怕你完不成。"黄中强继续卖着关子，对丘兴说道。

"首长，我给你立军令状，要是完不成这次任务，你杀我的头，撤我的职总行了吧？首长快下命令吧。"

"那好，杀头撤职可都是你丘兴说的，在场的郑司令、曾司令与那么多同志做证。"黄中强激将法的目的达到，就不再兜圈子了。

"丘兴同志，告诉你一个好消息，危害黄村地区人民多年的罪魁祸首张其勋、程兰亭、邹克儒，残杀我们江尚尧同志的凶手黄茹吉、黄鬼头，以及20多名恶霸地主，已于昨天被曾司令一网成擒，全部当了俘虏，现正关押在蓝口镇临时监狱里……"

还没等黄中强把话说完，丘兴的脸色马上就变了。他不顾在场众人，大步流星地冲出屋外，重重地双膝跪地，朝天磕了三个响头，大声哭道："苍天啊，你开眼了。娘啊，杀您的仇人终于抓到了，我要生剥他的皮，抽他的筋，为您老报仇。"一番话说完，丘兴已经是泪流满面、痛哭流涕。

此时出来围观的曾天节等起义官兵，正在张惠民的解说下了解到事情的缘由，知道丘兴的母亲曾六被张其勋残忍杀害的经过。听完这个故事，刚起义的人员无不为自己过去的糊涂思想，间接做了张其勋等人的帮凶而感到惭愧。

丘兴哭了好一会儿，才猛然惊醒：自己这般胡闹，若误了黄主任的大事就糟了。于是他连忙起身，快速来到黄中强面前，抱歉地说："自从母亲被杀后，我天天做梦都想生剥了张其勋，刚刚听到他被抓，情绪失控了。"接着，他又转身对一旁的曾天节深深地鞠了一躬："曾司令，你永远是我的大恩人，谢谢你。"

"小伙子，不用谢我，要谢就谢我们的黄主任，是他定下的谋

略，让我们不费吹灰之力，就把张其勋等人瓮中捉鳖的，都是黄主任的功劳。"接着，曾天节就当着众人的面，把起义当晚秘密定下抓捕张其勋等人的细节说了一遍。

"谢谢你，首长。"听完曾天节的话，丘兴又向黄中强行了个军礼。

"丘兴同志，我不敢贪天功为己有，密捕张其勋等匪首，是纵队首长的命令，特别是纵队梁威林副政委，要求我们一定要把欠有黄村人民血债的匪首们，通通缉拿归案，我只不过是执行上级命令而已。现在我命令你带着你排的战士，配合曾司令的警卫连，把张其勋、程兰亭等人安全地押送回黄村，交由新生的人民政府审判。你给我记住，在未审判前，张其勋等人就还未定罪，你对他们不能打、不能骂，更不许虐待，这是纪律。你能做到吗？"黄中强下达任务后，等了一会儿，不见丘兴回答，知道对方还没转过弯来，只得再次大声问道："你能做到吗？"

黄中强这次之所以特意让丘兴加入押送张其勋、程兰亭等人回黄村受审的队伍中，一个很重要的原因是他非常看好丘兴的成长，希望通过这件事磨炼他的心性，让他未来能够走得更远。如果丘兴被仇恨蒙蔽双眼，不顾党的纪律，在押送途中虐待张其勋等人或者不愿接受任务，那他将会非常失望。

"保证做到！"丘兴经过一番思想斗争后，最终仍然是作为共产党员、作为军人的思想觉悟压过杀母仇恨的念头，挺直腰杆说道。

"很好。除了协助东四支队警卫连押送张其勋、程兰亭等人外，你还要完成第二个任务。纵队准备对盘踞在东江地区的国民党反动军队来次大进攻。为了今后部队减员能够得到及时补充，请你告诉黄村区委，召集一批优秀青年入伍。这次黄村招的青年，将全部补充到东四支队。"

"是！"丘兴再次立正敬礼。

站在旁边把一切尽收眼底的曾天节再次被触动。即便是有着杀母之仇，但纪律就是纪律、规矩就是规矩，绝不能未经审判就定一个人的罪，更不能破坏解放军不许虐俘的纪律，这就是共产党部队与国民党部队的根本区别。

事后，听说丘兴第一眼见到张其勋这个杀母仇人时，真的是仇人见面，分外眼红，右手举得高高的，真想抽张其勋两个耳光以泄心头之恨。但丘兴高举的手最后却落在了自己的脸上，以疼痛来控制自己的情绪。"天不怕地不怕的丘兴，就怕部队铁的纪律"这句话，也因此广为流传。

在押送张其勋等人回黄村的路上，昨天还趾高气扬的凶徒，今天却全都不会走路了，一个个只能依靠押送的战士抬着才能回到黄村。回到黄村后，他们就全被关进张其勋自己建造的牢房里。

话分两头，在柳城学校的操场上，红旗招展、锣鼓喧天，几千名身穿解放军新军装的东四支队战士，排着整齐的队列，静静地站在学校的大操场上，等待着历史性时刻的到来。主席台正中挂着毛泽东主席和朱德总司令的巨幅画像，上方悬挂的一条横幅标语"热烈庆祝中国人民解放军粤赣湘边纵队第四支队成立大会"格外引人注目。横幅两旁各插着十面红旗，使主席台显得庄严肃穆。

上午十时，东二支队司令员郑群在曾天节、黄中强的陪同下，走

上主席台。曾天节在台上，向共产党代表郑群、黄中强和台下的战士们敬了个军礼，随即抓起话筒大声宣布："我部3000多名官兵向全国人民发出通电，从即日起，脱离国民党蒋介石反动阵营，参加中国人民解放军……"

事后，曾天节率领保安十三团起义的通电，在6月22日获毛泽东、朱德电复，欢迎他们加入人民解放军行列，勉励他们："遵守人民解放军制度，改造部队，与人民解放军整个力量共同一致，为解放广东全境而奋斗。同时，告诉广东的一切国民党军，凡愿脱离反动派加入人民解放军方面者，我们将一律不咎既往，表示欢迎。"

东二支队郑群司令员代表纵队首长，将中国人民解放军粤赣湘边纵队第四支队的队旗，授予曾天节。东二支队政治部主任黄中强代表纵队首长，作了热情洋溢的讲话。他首先欢迎保安十三团的官兵起义，参加伟大的中国人民解放军，成为光荣的人民军队的一名战斗员。同时，他寄希望这支能征善战的部队，能为解放东江、广东，乃至全中国，做出应有贡献。最后，黄中强带领全体战士振臂高呼：

"打倒蒋介石，解放全中国！

"中国人民解放军万岁！

"中国共产党万岁！

"毛主席万岁！"

随着响彻云霄的口号声响起，庆祝活动进入高潮。张惠民指挥他带来的东二支干部战士合唱起中国人民解放军的军歌："前进前进前进！我们的队伍向太阳，脚踏着祖国的大地……"

一曲终了，东四支队的文化教员便指挥着其队伍，又唱了起来：

"革命的火花,烧红了钢铁……你为了中国革命,你为了人类解放,你是雄风,你是烈火,你永远冲锋,一往无前……东江怒涛滔天,九连万山绵延,钢铁连旗帜飘扬在粤赣边。"

这首歌叫《钢铁连之歌》,是粤赣湘边纵队的战歌,同时也是由黄中强作词、东二支队文工团团长李滨谱曲的军歌。黄中强对东四支队竟然会唱这首歌很是好奇,连忙问道:"曾司令,你的部队怎么这么快就会唱这首歌了?"

"黄主任,为了开好今天的庆祝大会,我特地请你支队政治部的同志连夜教会我们这首歌。我总觉得这首歌很能鼓舞士气,非常适合今天这个场合唱。"说完,曾天节哈哈大笑,一脸得意的样子。

晚上,两支部队的领导,为了攻打老隆镇,召开了联席会议。当战役方案敲定后,双方领导就围绕谁打主攻、谁打助攻而争得面红耳赤。东二支队郑群司令员认为,东二支队是解放军的老牌部队,理应主攻。而东四支队曾天节司令员却认为,他们是刚刚起义,正需要一场大胜来正名,更应该打主攻。双方各不相让,最后只得上报纵队首长裁决。纵队首长经过认真研究,决定由东四支队打主攻,把解放东江地区的首功送给新部队。

5月14日早上,东四支队攻打老隆镇的战役打响。驻守老隆的是保安第四师少将副师长彭健龙。他们也事先知道,这次主攻的东四支队,前几天还是他们的兄弟部队,彼此战斗力相当,所以并没有太放在心上。

但是国民党守军万万没想到的是,东四支队现在的战斗力已经完全改变,他们现在是在打解放战争,是正义之战,是为人民而战。正

所谓：天时不如地利，地利不如人和。角色的转换使战士们变得更加勇猛、不怕牺牲、拼命冲锋，战士们拥有了人和之顺，怎能不无往不利？战斗不到两个小时，老隆镇就被攻下五分之四，保安第四师副师长彭健龙破口大骂："他妈的，昨天还是狗熊兵，今天就是英雄汉，看来共产党'洗脑'就是厉害。不打了，我们投降。"说完，彭健龙就命令守军向东四支队投降，老隆镇宣告解放。

随后粤赣湘边纵队从广东的东部开始，横扫国民党的部队，一路势如破竹、攻城拔寨，到9月份，已解放广东几十个县的国土。到了10月份，粤赣湘边纵队又配合解放军二野四兵团、四野十五兵团及两广纵队，在叶剑英同志的统一指挥下，于10月14日解放华南重镇——广州。不久，全国彻底解放，中国人民从此站起来了。

老隆解放的第二天，黄村区政府第一次张榜公告，公开招收优秀的青年人应征入伍，支援前线的解放战争。黄村人民不愧是老区人民，就是热爱共产党、热爱人民子弟兵。公告张贴不久，就有过百青年报名参军。

梅陇村的邬根中是个年仅17岁的贫苦青年，他生性聪慧、机灵，勤劳朴实，受尽了旧社会的残酷剥削和压迫，且对国民党反动政府极度憎恨，早有参加革命的念头，为穷苦人民打天下、谋幸福。当他得知前线征兵，便毫不犹豫立刻报名，而且也很快获得批准。但同村的另一名青年邬松却费了很大的周折。原来邬松是有钱人家的子弟，区府领导怕邬松以后在残酷的战争中吃不了苦，坏了黄村老区人民的名声，就是不同意他入伍。邬松没有放弃，他坚决要求参军，说自己出身身不由己，可未来的道路可以自己选择，他也同样憎恨国民党的腐败政府，想为人民做点有益的工作。在邬松的苦苦请求下，加上邬根中不停为邬松说好话，邬松最终如愿以偿，获批入伍。

黄村区政府第一次征兵，正好有 100 人，刚好够凑齐一个连，全都被送去东四支队。曾天节看到这 100 名青年，更为共产党人言必信、行必果的信用所折服，更加佩服共产党人大公无私的精神。

1949 年 10 月 2 日，北京天安门开国大典的礼炮刚刚响过，黄村区人民政府就在黄村墟东门桥召开了万人公审大会，公审张其勋、程兰亭、黄茹吉、黄鬼头等 20 多名恶徒。这些人，一个个手上都沾满了革命烈士及黄村人民的鲜血，当丘兴中队长带领他的队员，将这帮恶徒五花大绑，押到东门桥下的石坝河滩跪下后，参加公审大会的上万群众到处寻找石头，扔向张其勋等人。面对群情激愤的群众，曾骑在黄村人民头上作威作福、不可一世的张其勋、程兰亭吓得面如土色，软趴趴地瘫倒在河边的沙石滩上。

那天，从下墟门到上墟门再到东门桥，到处都是五星红旗，到处都是一片红色的海洋。五星红旗迎风飘扬，在风中猎猎作响，仿佛是先烈们在告诉我们，经过 28 年艰苦卓绝的奋斗，人民终于胜利了。

而蓝溪河因见证了太多悲惨的故事，此时此刻却显得悄无声息，只是在那儿静静地流淌。

娟阿婆来了，黄占先、黄志中的母亲来了，黄占先的妻子和黄志中的妻子都来了，戴石招带着一双儿女邬旋孚、邬水太也来了……一个个烈士遗孤及他们的亲属都来了，他们都有一个共同的愿望，就是要亲眼看看残杀他们亲人的凶手是如何伏法的。

黄村地区当时处决罪犯，是通过号声来指挥的。当河源县第一任人民法院院长丘启文宣读由他亲手签发的死刑命令后，号手立马吹奏"嘀嘀嗒、嗒嗒嘀"，当吹到第六声时，行刑枪声马上响起，罪犯应声倒地。

最后一个被处决的正是恶贯满盈的张其勋，而对他执行死刑的枪手不是别人，正是丘兴。四个月来从不敢对张其勋动一根手指头的丘兴，今天终于找到复仇的机会。他不是用步枪行刑，而是用装满20发子弹的冲锋枪来行刑。当行刑号声一结束，他就把20发复仇的子弹，倾泻在张其勋的身上，直接把张其勋整个身子打成马蜂窝。打死张其勋后，丘兴仍不解恨，丢掉冲锋枪，拿起河滩上的大石头，对着张其勋尸体的脑袋猛砸。除了丘兴外，参加公审大会的人民群众中，也有几百人冲到了河滩上，跟丘兴一样拿起石头就对20多具罪犯的尸体猛砸。事后听说，河滩上恶徒们的尸体，几乎都被砸成了肉泥，可见黄村人民有多恨这帮恶徒。

天亮了，仇报了，英雄的黄村人民也站起来了。从大榕树下点燃的追求真理与光明的星星之火，到民主革命的澎湃怒潮；从浴血拼杀出来的文秀塘革命根据地，到作为后东地区生命动脉的红色交通线；从三洞乌泥坑的小小游击队，到驰骋千里的粤赣湘边纵队……历史为这片饱经沧桑的土地，造就契机与机遇，成就丰功与伟业，也注入深情与眷顾。这片红色热土，所积淀的精神与力量，不仅砥砺现在，也将烛照未来！

后 记

　　为庆祝中国共产党成立100周年，期望已久、充分反映黄村人民革命斗争史，凝聚黄村人民智慧和勇气的《粤黄风云》即将出版。此时此刻，我百感交集、激动万分，怀着崇敬的心情衷心感谢程建民、罗武疆、邹通等老一辈的关心和厚爱；诚挚感谢黄建中、黄建明、张启明、黄国新、缪寿良、黄永华、张日升、李国华、李东华、黄国辉、李茂辉、黄小纯、黄秋红、张泉、许辉、张志和、易兆劼、易菲、沈文俊、王中华、邬志新、邬伟源、邬利君、黄文辉、郭任新、纪振辉、潘福东、黄志刚等长辈对《粤黄风云》的鼎力支持。

　　《粤黄风云》的撰写工作，得到了中共河源市委宣传部和中共河源市委党史研究室领导及专家的支持、指导和帮助，并对本书进行认真细致的审查，提出了许多宝贵的修改意见。感谢《河源日报》在建党百年的"七一"之前刊发《血写星火》《岭南红嫂》两篇文章，使之首先在河源故乡产生积极影响。同时，《粤黄风云》的出版得到海天出版社(今深圳出版社)的支持和帮助。在此，我谨向参与本书审稿、

排版、校对和指导的所有领导及台前幕后的工作人员，致以崇高的敬意和衷心的感谢。

回忆创作之初，在今年 3 月 21 日的时候，从我父亲口中得知家乡黄村"岭南红嫂"陈亚长曾用她的贞洁以及全家近十口人的生命为代价，保护共产党员丘国章同志的事迹，我被红嫂故事所打动，觉得这正是千千万万中国人民热爱共产党，拥护共产党，视死如归，用自己的生命保护共产党员的真实写照。恰逢今年是建党 100 周年，于是把"岭南红嫂"的故事用文字记录下来的想法油然而生，作为献给建党100 周年的礼物。

未曾预料《岭南红嫂》一文出来后反响颇好，获得了家乡人民的充分肯定，并从他们身上收获了许多其他关于家乡在革命时期的故事，也正因如此，我才把原本《岭南红嫂》单篇故事续写成了如今22篇的纪实故事集《粤黄风云》。另外，《粤黄风云》从创作之初就是本着还原历史而写的，所叙为真人真事，所以文中的所有内容都是通过调查走访、取证，到市、县档案馆翻阅相关资料等方式撰写，有迹可循，体现严肃严谨、对历史负责的态度。但由于我阅历尚浅，无法把黄村在那个白色恐怖时代所发生的精彩故事全都呈现出来，如有未提及的英雄事迹或文中出现不足、偏差之处，敬请各位读者批评指正。当然，更欢迎读者能够提供更多关于家乡的英雄故事，让我可以继续撰写《粤黄风云》第二部、第三部……

通过撰写《粤黄风云》，我深深感悟自己的家乡是英雄的家乡、红色的家乡，并为此感到骄傲与自豪。据统计，在新民主主义革命时期，留名青史的烈士就有276人，他们为新中国的成立做出了重大贡献。特别是"岭南红嫂"陈亚长的故事，可以称作新时期体现党群关系鱼水之情的杰出典范，有深远的教育意义。让我们在以习近平新时代中国特色社会主义思想的指引下，牢记使命，不忘初心，传承红色基因，赓续红色血脉，为下一个一百年而努力奋斗，开启新的征程。

2021 年夏天于深圳